마누라 속이기

- 그만 착하게 살고

마누라 속이기

- 그만 착하게 살고

초판 1쇄 발행 2023년 8월 28일

글/사진/그림 박태진
펴낸곳 도서출판 가쎄 [제 302-2005-00062호]
주소 서울 용산구 이촌로 224, 609
전화 070. 7553. 1783 / 팩스 02. 749. 6911
인쇄 정민문화사

ISBN 979-11-91192-90-2 03810

값 18,800원

홈페이지 www.gasse.co.kr
대표메일 berlin@gasse.co.kr

"본 도서는 카카오임팩트의 출간 지원금을 받아 만들어졌습니다."

마누라 속이기

- 그만 착하게 살고

글·사진·그림 박태진

gasse·가쎄

차례

•
•

프롤로그

1장
난생처음 마누라를 속였다

2장
마누라에게 한 번 맞서 보았다

3장
마누라에게 대놓고 말하기

4장
전지적 중년 시점 - 다섯 가지

에필로그

마누라 속이기

- 그만 착하게 살고

프롤로그

마누라를 속여보자

얼마 전 나이가 같은 또래인 사람과 점심을 하게 되었는데, 주차 후 몇 걸음 가다가 차 문이 닫혔는지 다시 돌아보는 나를 보고 "참사관님도 차 잠겼는지 다시 확인하시네요."라고 해 서로 웃었다. 음식을 기다리며 사무실을 비롯한 모든 공간에서 그가 요즘 느끼는 심정과 생각을 듣다 보니 내가 가진 고민과 비슷하다 못해 똑같다는 사실을 알고 맘이 놓여, 이런저런 얘기를 나누며 나만 그런 게 아니구나. 라는 생각이 들었다. 서로 말만 안 하고 있을 뿐.

우울증에 걸린 남편 대신 돈을 벌기 위해 그의 우울증

일기를 만화로 그려 대박이 난 영화 '츠레가 우울증에 걸려서'를 보면(넷플릭스에는 '남편이 우울증에 걸렸어요'로 나옴), 주인공 '하루'가 골동품 가게에서 메이지 시대에 만들어진 기포가 담긴 물병을 보며 주인 할아버지와 다음과 같은 얘기를 나눈다.

"이 기포 안에 든 공기는 100년도 넘은 거겠네요."
"평범한 유리병일 뿐이지만, 안 깨졌다는 이유만으로 여기 있게 된 거지."

물병을 사서 돌아온 '하루'는 파김치가 되어 퇴근해 돌아와 소파에 쓰러진 남편에게, 힘들면 회사를 관두라면서 너무 애쓰지 말고 이기려 들지 말라며 골동품 가게에서 사온 유리병에 대해 말한다.

"안 깨지는 것만으로도 가치가 있는 거였어."

한국 '남자'에겐 우울해지거나, 약해지면 안 된다는 형틀이 씌워져 있다. 세렝게티에서 살아가는 야생동물이 다치면 혓바닥으로 상처 부위를 핥으며 시간이 지나 낫기를 바라듯, 오늘도 출근길에 몸을 싣고 무너져가는 자존감과 가족으로부터의 소외감을 안고, 하지만 한증막에서 100을 세며 버티듯이 살아간다.

어두운 터널과 같은 40대를 잘 버텨준 나에게 잘했다고 칭찬해 주고 싶다.

그리고 함께 이 시대를 살아가는 동년배들에게 그리고 중년의 끝자락을 보내고 있을 이들에게 한마디 하고 싶다.

우리는 여기까지 온 것만으로도 가치가 있다.

그리고,

한 번만 마누라를 속여보자.

그만 착하게 살고.

1장

난생처음 마누라를 속였다

말 잘 듣는 어른

스웨덴은 물가가 비싸기도 하고 코로나의 창궐로 미용실에 가기 뭐해 아내가 아들을 집에서 직접 이발시켜주곤 한다. 이제는 나까지 해주는데, 1번 타자로 들어선 아들이 끝날 때까지 기다리는 마음은 마치 도살장에서 순번을 기다리는 느낌이다. 처음엔 난리 치던 아들도 좀 지나면서 맘에 들었는지 머리를 깎는 와중에 종종 엄마와 대화하는 여유를 보인다.

"엄마는 아빠랑 왜 결혼했어?"

참 많이 듣는 얘기지. 결혼 15년 차인 아내 입에서 좋은 소리가 나올 거라곤 기대하지 않는다.

“그야… 못생기긴 했지만, 착하잖아. 어렸을 때 할머니 말도 참 잘 들었대. 읽으라는 책도 많이 읽고.”

“그래~ OO(같은 반 친구)이 엄마도 학교에서 아빠 보고 착하게 생겼다고 했대. 엄마 말도 잘 들어?”

저게… 욱하려고 할 찰나에,

“그럼~ 아빠가 어른이니까 말 잘 듣는다고 말하긴 좀 그렇고, 엄마한테 거짓말한 적은 없지.”

“그래? 그걸 어떻게 알아?”

“니 아빠는 거짓말하려고 하면 딱 표시가 나. 너 같이 눈 하나 깜짝 않는 녀석하고는 다르지.”

성질대로 욱해야 할지… 가정의 평화를 위해 고개를 끄덕여야 하는지 고민되는 순간이다.

그래…. 나는 어렸을 때부터 부모님 말씀은 잘 들었다.

초등학교 시절, 독실한 불교 신자인 어머니 명에 따라 주말 불교 학교도 가기 싫어 투덜투덜하면서도 난 꼭 가서 앉아있다 오곤 했다. 형은 "멍청하게 뭐 하러 그렇게 다니냐~ 엄마가 쫓아와서 체크하는 것도 아닌데~ 맹추 같은 놈~"이라고 하며 오락실에서 시간을 때우고 들어올 때도, 나는 정말 다니기 싫은데도 꾸역꾸역 다녔다. 심지어는 그 와중에 '반야심경'도 외웠고, 지금도 '내가 생각해도 멍청했어.'라며 회상한다.

나는 사춘기도 심하게 겪지 않았다. 아버지는 중소 건설사 현장 소장이어서 1년에 한두 달 정도나 집에 계셨고 어머니는 중1 때부터 가방 장사를 하셨다. 두 살 위의 형은 중학교 고학년 때부터는 독서실이나 당시 밤늦게까지 했던 야간 자율학습을 끝내고 오는 경우가 많아 중학교에 들어가면서부터 학교 끝나고 집에 오면 늘 혼자였다. 누구에게 사춘기랍시고 별다른 말이나 행동할 환경이 아니어서 그냥 혼자 넘기는 편이었다. 좀 다른 게 있었다면 글을 쓰거나 만화를 그리고 끝없이 공상하다가 자칭 타고난 유머 감각에 혼자 낄낄대면서 별다른 홍역 없이 넘겼다.

물론 친구 중에는 사춘기의 홍역을 치른 애들이 있었다. 중2 때부터 서울 동쪽 용마산자락 밑에 살아서 가끔 연탄불 갈러 나갔다가 같은 반 친구가 가출한 애들과 산에 모여 술을 먹거나 본드를 부는 것을 본 적은 있었다. 특히 기억나는 친구는 집도 잘 살고 900명 가까이 되는 학생 중 전교 3등을 하는 친구였는데 전교 1등이 자기 반이라 반에서 2등을 했다는 이유 같지 않은 이유를 달고 가출했다가 배가 고프니 밥 좀 달라고 우리 집 뒷문을 두드리던 애도 있었다. 순진했던 친구인데 질이 안 좋은 친구들과 몰려다니면서 오락실에서 애들 돈을 빼앗거나 독서실의 신발장에서 유명 브랜드 신발을 훔쳐서 싼값에 팔던 친구, 가출한 여학생들과 옷 벗기기 고스톱을 쳤다가 피박을 맞아 막판에 다 벗었다는 친구 등 각양각색의 사춘기를 앓던 친구들을 보면서 참 꽤 별종처럼 산다고 느꼈었다. 사춘기는 꼭 저렇게 시끄럽게 굴어야 하는 건가, 그냥 지나가면 되는 건데 유세 부리는 건가, 이런 생각을 하면서. 나의 사춘기는 조용히 지나갔다.

역사에 관심이 많고 만화 그리기를 좋아했지만 대학도 집안 형편에 맞춰 진학했다. 그렇게 진학한 대학을 졸업하고 정해진 길에 따라 직장을 다녔는데, 어느 직장이 100% 만족스럽겠냐만 적성에 맞는 삶인지 계속 되물으면서, 그 현실을 깨지 못한 채 살아왔다.

부부싸움 - 만화는 지금도 생활의 일부다.

지나면
이제야
보이는 것들
외로움
한 10년 전, 혜민스님이 써서 300만 부 이상 팔린 책이 있지.
멈추면, 비로소 보이는 것들
1
그때 내가 40대 초반이었는데, 이 책을 보며 많은 걸 느끼면서
대단하십니다 어떻게 이런글을
소승이 하버드 출신이라…
2
나는 과연 몇 명의 친구를 가지고 있을까라는 생각을 해봤어.
친구
채널
친구 3
개
고양이
돼지
3
한국 사회가 그렇잖아. 친구든 모임이든 어디 속하지 않으면,
4
사회성 없고 무능한 사람으로 취급당하기에, 혼자의 삶이 익숙지 않고
저기라도 껴야 하나
나는 I'm SOLO
5
나이가 들수록 더 심해지는 거 같아. 발버둥 치는 수준이랄까?
임진왜란때 나두 40대였다네
이순신 장군
40 잠수함
6
친구가 몇 명인지 세어보려고 드는 것도 이런 소속의 욕구 때문인데
7
친구나 모임을 갖기 위해 나는 얼마나 능력이 되는지도 자문해.
수퍼
가게에도 물건이 있어야 손님이 오지!
8
그 능력 중 대표적인 게 '돈'과 '지위'라고 할 수 있는데
원투 펀치!
지위
돈
9
한국 사회에서 경제력은 곧 인품이고 사회적 신분으로 평가 되고
10
권력으로 대변되는 사회적 '지위' 또한 강력한 능력이지.
물렀거라~
11

인간관계는 give and take잖아. 최소한 이 둘 중 하나는 있어야
나도 40대
I am Iron man
불안
그렇지 않다면 그냥 '선한' 사람이나 '꼰대'가 될 수밖에 없는 거지.
그럼, 돈과 지위가 없으면 어떡하지? 다 부자는 아니잖아.
내가 인정받을 수 있는 게 현실이야.
지위
경제력
멋져
어떡하긴 뭘 어떡해. 스스로 평가해서 둘 다 신통치 않으면서
수퍼
물건이 없는데
주변에 사람이 많이 모이기를 기대할 수는 없다는 거지.
특가 세일
당연하긴 한데
40대가 되고, 책임져야 할 가족이 있어 씀씀이가 제한된 상황에서
나이
가장의 무게
지위마저 평범하다면, 외로워질 수밖에 없다는 사실을 인정해야 해.
그래서 , 외로운 현실을 받아들이고 인간관계도 정리하면서
생각지 않게 많아진 자신만의 시간을 어떻게 보낼지 생각해야 해.
그런데, 익숙해지면 이것도 아주 나쁘지는 않아.
아직 30대라...
자연인
이승윤
혼자서도 재미있는 것, 그 또한 나이가 들어감에 따른 변화니까.
40대
30대

그나마 처음으로 내 맘대로 결정하고 행동한 일은 대학 졸업 직후 제주도에서 군 생활을 한 것이다. 첫 사회생활을 과감하게 제주도라는 낯선 환경에서 시작한 것이다. 23년간 순종했던 양 한 마리가 미친 척하고 울타리를 뛰어넘은 파격적인 결정이었지만, 제주도에서의 생활은 말할 수 없이 아름다운 기억을 남겨주었다. "내가 원하는 대로 해봤더니 정말 좋더라."라는 깨달음을 얻은 것이다.

하지만, 사회생활에서 뜻대로 되는 것이 얼마나 있겠는가.

군 복무를 할 당시 제주는 관광지로 알려졌지만 조금만 시내를 벗어나도 황량함, 그 자체였다(내가 떠날 때인 97년 5월 이마트가 제주에 처음 들어서자, 동네 슈퍼들 다 망한다고 난리가 날 정도). 지원자도 별로 없었고 동기들끼리 발령지를 조율할 수 있었기에 갈 수 있었지, 이후로는 내 뜻대로 되는 일이 거의 없었다.

부모의 말을 잘 듣던 어린애는 주어진 환경에 어떻게든 맞춰 가는 어른이 되었고, 누군가를 속이지 않는다는 말은 듣기 좋은 말일 뿐, 그냥 관성에 따라 사는 평범한 직장인이 되었을 뿐이었다. 그렇게 회사 생활을 시작하고, 결혼하고, 아이를 낳고, 진급하다 보니 30대를 지나 중년이 되었고, 크게 뒤처지지 않게 승진도 하면서 살아왔다. 부침이 없는 인생이지만 재미도 없고 짜릿함도 없는 일상이었다.

그 과정에 무슨 비리를 저지른 적도 없었고 코딱지만 한 빌라지만 내 집도 마련했다. 큰 변화도 없었고 남들처럼 그렇게 살아와서 지금은 중앙부처의 평범한 공무원일 뿐이다. 변변한 아파트도 마련하지 못했으니 대출도 없고 건강상 문제도 크게 없다. 거울에 비친 내 모습을 보면 '아, 정말 특징 없네.'라고 생각할 만큼 외모도 평범하다. 나의 인생은 평탄함 그 자체였다.

하지만, 요즘은 학창 시절 들었던 '질풍노도의 시기'처럼 너무 생각이 복잡하고 힘들다. 청소년에게나 쓰는 말을 얻다 갖다 붙이냐는 반문이 있겠지만, 많은 번민과 갈증이 끊임없이 내부에서 제기되고 있다. 그런데 그 이유라는 것도 명확하지 않고 그러니 그 해결책도 못 찾고 그냥 산다. 그냥 사는 게 힘들다는 말만 입버릇처럼 되뇌고 어떤 날은 왜 이렇게 살까, 앞으로는 어떻게 살아가야 하는 걸까. 라는 생각에 잠을 뒤척이는 때도 많다. 약간 다행인 건 나 같은 사람이 많다는 것. 주변의 이야기를 들어보면 안 그럴 것 같은데 의외로 힘들게 살아가는 사람들이 많다.

어딘가에 이런 고민을 호소하고 싶었다. 하지만 들어줄 사람도 없고 당장 목구멍이 포도청인 마당에 한가롭게 그런 이야기나 들어줄 사람도 있을 리 만무하다. 그래서 매일 A4용지 한 장 정도로 나의 이야기를 적어나가기로 했다. 오늘도 잠을 뒤척이다 일어나 노트북을 켰다. 과연 이 고민은 해결될 수 있을까? 미뤄두었던 나의 숙제를 이렇게 시작하고 있다.

가족 여행에서 아웃되다

2020년 6월. 맹위를 떨치던 코로나도 한풀 꺾이고, 스웨덴 사람들이 여름휴가를 준비할 때였다.

어느 날 아내가 아이와 7월 초 1주일간 친구 엄마들과 여행을 간다고 했다. 요즘 아빠들은 회사 사정으로 휴가가 유동적이다 보니 이런 사례가 많다. 특히 대사관에 근무하는 남편들은 가족들과 함께 여행을 못 가는 경우를 종종 봐왔다. 그래서 가족들이 여행하는 동안 저녁 술자리에 모이거나 주말에 골프나 친다는 얘기를 종종 들었는데 나도 그렇게 된 것이다. 엄마들이 애들하고 가는데 삘쭘하게 중년 아빠가 따라가는 것도 이상하긴 하다.

아내는 1주일간 심심하겠지만 반찬은 푸짐하게 냉장고에 쌓아두겠다고 하면서, 혼자서는 위험하니 돌아다니지는 말라고 신신당부했다. 자기도 좋아서 애 따라가는 것은 아니라면서. 칫.

이런, 무슨 집 지키는 뭐도 아니고, 돈 벌어오는 기계도 아니고. 하지만 별수 있나. 사실 아내도 같이 가는 아줌마들끼리 섞여 떠들다 보면 재밌겠지만, 내내 아이를 따라다니는 것도 쉽지 않겠다고 생각했다. 오랜만에 집에서 혼자만의 시간을 가지는 것도 괜찮겠군 하면서. 직장 동료 중에는 오랜만에 총각 행세도 할 수 있는 거 아니냐면서 바람까지 넣었다.

그날 밤, 혼자 맥주 한 잔을 마시며 1년 전 한국을 떠나기 전에 샀었던 북유럽 여행 책자를 보았다. 요즘 북유럽 소개하는 책자가 많기는 하지만, 아무래도 북유럽 여행의 하이라이트는 노르웨이다. 거기에 덴마크, 핀란드 조금 더 나아가면 아이슬란드?

스웨덴은 사실 복지국가로 명성이 있을 뿐이지, 관광으로 유명한 나라는 아니다. 그래서 여행 책자도 스웨덴은 스톡홀름, 예테보리, 말뫼 같은 대도시를 중심으로 나와 있고 다른 나라처럼 자세한 소개가 없다. 그냥 북유럽 왔는데 제일 면적은 크니 훑고 지나가야 하지는 않겠냐는 식?

그나마 내가 사 온 책은 최신판이라 대도시 말고 총 1,289km의 스웨덴 내륙 종단 철도인 '인란드바난(Inlandsbanan)'도 있었다. 예전에 '내륙지방 발전과 수송을 위해 개통되었으나 자동차 발달로 존폐 위기에 몰렸다가, 다시 주민들의 뜻을 모아 관광열차로 개발해 6~8월에 운영하고 있으며 내륙의 자연을 좀 더 가까이 느낄 수 있는 노선'이라는, 사진도 없는 세 쪽 정도의 간략한 내용이었다.

존폐 위기에 몰렸다가 겨우 생명줄을 이어가는 이 열차. 이게 왜 내 시선을 끄는 걸까?

'예전에 아내와 아기였던 아들을 차의 뒷좌석에 태우고, 교대 운전도 없이 몇 시간이나 이곳저곳을 다니며 같이

자화상 - 존폐 위기에 몰린 중년 남자

사진 찍고 웃고 기뻐했었는데, 세월이 흐르면서 아내와 아들의 내적 외적 발달로 가족 여행에서 퇴출 위기에 몰린' 지금, 아내와 아들이 잠든 밤, 거실에서 맥주 한 잔 놓고 뭔가 나올지 모르겠다고 무작정 여행 책자나 뒤적이는 내 모습이 바로 인란드바난의 모습이 아닌가? 허허… 근데 나는 누가 뜻을 모아 일으켜 세워주지? 여기 스웨덴에는 부모 형제, 가까운 친구 그 누구도 없는데?

아무리 코로나가 잦아들었다 해도 열차를 타는 건 찝찝하고, 그렇다고 혼자서 1,000km를 넘게 운전한다는 것도 그렇잖은가? 뭔가 연결점을 찾으려고 해도 이어지지 않는 숙제를 남겨두고 뒤척거렸다. 이런저런 고민을 하면서도 예전처럼 "야! 가자" 하고 호기롭게 얘기할 수 없는 나, 나는 어쩔 수 없이 여전히 '말 잘 듣는' 어른이구나 하는 생각에.

답답한 6월의 밤은 두 시를 넘기고 있었다.

찬밥 - 예전에는 같이 밥 먹으면 좋아하더니 이제는 집에 들어오는 것도 싫어하는 거 같다.

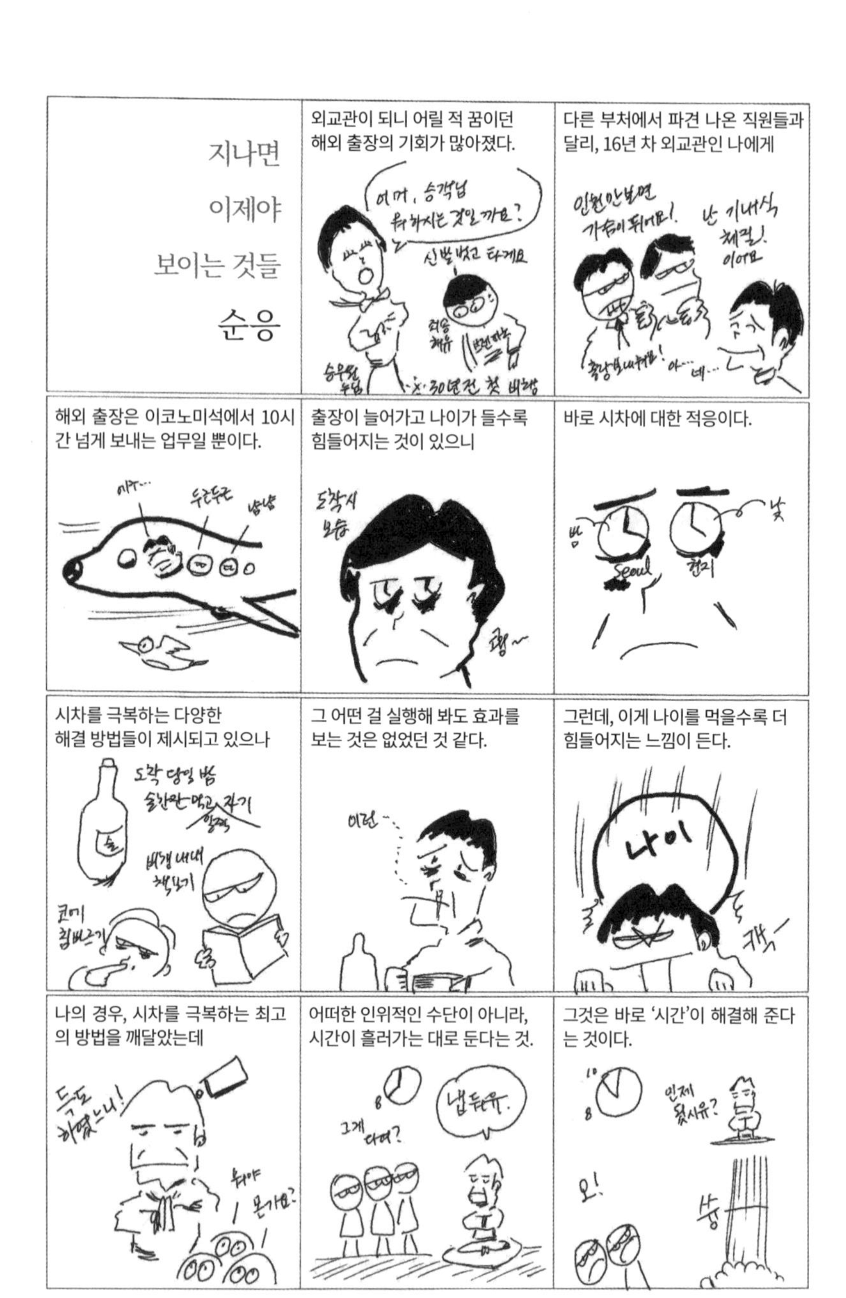
지나면
이제야
보이는 것들
순응
외교관이 되니 어릴 적 꿈이던 해외 출장의 기회가 많아졌다.
어머, 승객님 뭘 하시는 것일까요?
신발 벗고 타게요
30년 전 첫 비행
다른 부처에서 파견 나온 직원들과 달리, 16년 차 외교관인 나에게
해외 출장은 이코노미석에서 10시간 넘게 보내는 업무일 뿐이다.
출장이 늘어가고 나이가 들수록 힘들어지는 것이 있으니
도착시 모습
바로 시차에 대한 적응이다.
밤
낮
Seoul
시차를 극복하는 다양한 해결 방법들이 제시되고 있으나
그 어떤 걸 실행해 봐도 효과를 보는 것은 없었던 것 같다.
이런~
그런데, 이게 나이를 먹을수록 더 힘들어지는 느낌이 든다.
나이
나의 경우, 시차를 극복하는 최고의 방법을 깨달았는데
어떠한 인위적인 수단이 아니라, 시간이 흘러가는 대로 둔다는 것.
그것은 바로 '시간'이 해결해 준다는 것이다.
오!

그런데, 우리가 살아오면서 겪은 많은 문제들이 그렇지 않았던가.
도저히 해결되지 않을 것 같던, 미칠 것 같이 괴롭던 순간들도
모두 시간이 지나고 나면 해결되었다는 사실을 우리는 안다.
40대의 괴로운 순간에 시간에 대한 '순응'을 알았더라면
좀 더 덜 괴롭지 않았을까 하는 생각이 든다.
또 하나, 이런 시차 문제를 출장지에서 아침 먹을 때 얘기하면
동료들도 한밤중에 깨서 불면의 시간을 거쳤다고들 한다.
그렇다. 나만 그런 것이 아니다. 내가 고통스러워 하는 시간 동안
다른 누군가도 괴로운 시간을 보내고 있었던 거다.
굳이 전혀 모르는 사람들과 억지로 유대를 가질 필요는 없지만
"왜 나만?"이라는 생각을 가질 필요는 없다.
조금만 밖으로 나오면 함께할 수 있으니까.

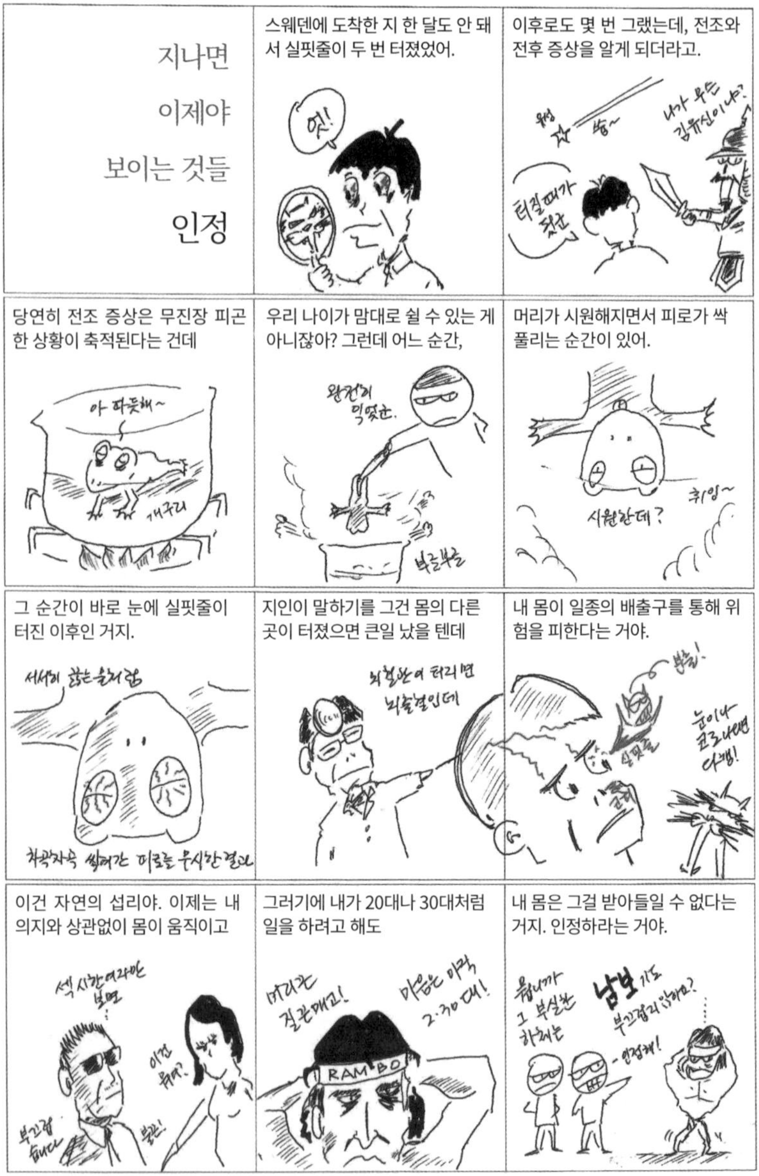

지나면

이제야

보이는 것들

인정

스웨덴에 도착한 지 한 달도 안 돼서 실핏줄이 두 번 터졌었어.

이후로도 몇 번 그랬는데, 전조와 전후 증상을 알게 되더라고.

당연히 전조 증상은 무진장 피곤한 상황이 축적된다는 건데

우리 나이가 맘대로 쉴 수 있는 게 아니잖아? 그런데 어느 순간,

머리가 시원해지면서 피로가 싹 풀리는 순간이 있어.

그 순간이 바로 눈에 실핏줄이 터진 이후인 거지.

지인이 말하기를 그건 몸의 다른 곳이 터졌으면 큰일 났을 텐데

내 몸이 일종의 배출구를 통해 위험을 피한다는 거야.

이건 자연의 섭리야. 이제는 내 의지와 상관없이 몸이 움직이고

그러기에 내가 20대나 30대처럼 일을 하려고 해도

내 몸은 그걸 받아들일 수 없다는 거지. 인정하라는 거야.

돌이켜보니, 나도 40대 후반부터 조금씩 증상이 나타났어.
이제 인정하지 않으면, 더 큰 시련이 올 거라는 경고였던 거지.
낭떠러지
40대 후반으로 갈수록 더 이상 패기로 살아가는 나이는 아니야.
이제는 나의 변화와 능력의 감퇴를 받아들이고 조절해야 해.
인생은 마라톤 같대 자나
봉달이형
지금부터 중요한 건 빨리 뛰는 게 아닌, 이제 남은 목표까지
으아아아-
목표가 목전에!
아직 반도 넘게 남았는데
어떻게 계속 인생의 끝까지 달릴 수 있는가가 중요한 거야.
20 Km 지점
더 못뛰겠다
병신
풋
점점 느끼는 거겠지만, 누구도 나를 대신해 줄 수 없기 때문이지.
대신 좀 뛰어줘요-
그럼 나는?
말은 그렇게 해도 아직도 인정하기 힘들 거야. 그런데
그래도 명색이 '람보' 인데-
여기서 인정을 나쁘게만은 볼 게 아니고, 다르게 보려는 거야.
아니 상체말고 하체를 이용해서 좀 다른방향으로
물론 우리 나이는 인정보다는 고집하는 경우가 많지.
줄잡기 꼰대
나는 상체야~
으이구
그래서 우리 주변의 40대 대부분이 외롭고 괴롭다면.
아이구
하지만 '존심' 때문에 안 내려가
지금 다들 저모양이야
한 번 해봐. 인정하고. 다르게 하는 것. 그럼, 정말 세상이 달라질걸!
힘겨운 꼰대들
앞으로는 웃통벗지 말고, 그냥 정장 입을게요
인정-
람보 강림!
머리도 깎고.

[아빠의 유통기한]

꼭 그날만 잠이 안 들어 두 시 넘어서 잔 것은 아니었다.

학교 다닐 때 시험 기간 중 친구들은 졸음을 피하려고 커피를 자주 마셨다. 그런데 나는 커피를 사발로 마셔도 아무 효과가 없었다. 도대체 커피를 마시면 잠을 못 잔다는 사람들은 뭐지? 라고 생각할 만큼 커피를 마셔도 자는 데는 아무 문제가 없었다.

그런데 어느 순간부터 잠을 잘 자지 못하게 되었다. 자려고 노력해도 정신이 깨어있는 것이다. 늦게까지 영화를 봐도 운동해도 똑같았다. 그래서 그냥 누워서 옛날 생각도 해보고 앞으로의 일도 구상해보고 여러 가지 해보는데, 그래도 잠이 안 와 시계를 쳐다보면 2~3시인 경우가 많았다. 문제는 그렇게 자도 6시에는 깬다는 것이다. 그럼 찌뿌둥한 컨디션으로 출근하고 그 여파는 업무 중에 불현듯 짜증으로 나타난다. 이런 악순환이 계속된다.

그날도 잠들기 전 생각에 잠겼다. 요즘 가장 많이 생각나는 것은 첫 해외공관 근무 때다. 해외 생활도 처음, 그리고 돌 지난 아들과의 추억도 시작되는 풋풋한 시절이기에.

언제부터인지 기억은 나지 않는데 아들이 나를 아버지라고 부르기 시작했다. 허허… 많이 컸구나. 하는 기특함과 어? 이건 뭐지? 하는 허전함이 동시에 머리와 가슴을 스친다. 내가 내 아버지에게 그랬듯이 시간이 지나면 아빠가 아버지가 되는 건 당연한 건데.

30분을 누워있어도 잠이 안 오기에 책상에 앉아 지난 일기를 들춰보았다.

아빠로 불리든, 아버지로 불리든, 아직은 미성년자인 아들에 대한 법적 보호자의 지위는 변함이 없는데 무엇이

다르고 그것이 왜 허전함을 만드는 걸까. 일기장을 들추던 나는 10년 전 첫 근무지였던 포르투갈 근무를 마치고 가족을 한국으로 보낸 기억에서 어렴풋하게나마 답을 찾을 수 있었다.

품에 안기면 세상 모든 것이었던 그 존재가 '아빠'이고, 이제는 넓어진 아들의 세상에서 단지 한 귀퉁이를 차지하는 존재가 바로 '아버지'가 아닌가 하는 생각.
그렇게 아들에게 더 넓은 세상을 보여주면서 내가 차지했던 만큼의 자리를 비켜주는 것, 그것이 바로 '아버지'인 나다.

10년 전 그날이 아마 '아빠'로서의 자리가 좁아지기 시작한 첫날이었던 거 같다.

2012. 2. 23. 4:26
2년여의 포르투갈 생활을 마무리하며 오늘 새벽 아내와 아들이 한국으로 떠났다.

새벽 비행기라 새벽 3시에는 일어나야 해서 퇴근하고 아내와 부랴부랴 짐을 꾸린 뒤 밤 10시에 잠을 청했다. 아기

침대에서 재우던 아들을 아내와 나 사이에 두고 셋이 같이 누워 아내와 지나간 얘기들, 앞으로 살아갈 일들을 얘기했다. 아들은 계속 꼬물대다가 어느샌가 잠이 들고 아내에게도 내일 일찍 일어나야 하니 빨리 자자고 11시쯤부터는 대화를 멈추었다.

아내와 아들 모두 잠이 들었는데, 내일 일찍 일어나야 하는데도 잠이 오질 않았다.

요즘 잠자리에 누워 생각하듯이 아들이 태어나던 날부터 개포동 공무원아파트에 살던 일,
아들이 아빠인 나를 보고 웃던 일,
아들을 안고 마루를 뛰어다니면 입을 하마만큼 벌리고 좋아하던 일,
아내와 돌 지난 아들을 한국에 두고 리스본에 처음 오던 날 비행기에서 내려다보던 리스본의 야경, 포르투갈에 처음 와서 힘들었던 일,
그러다가 아내와 아들이 온다는 날을 손꼽아 기다리던 일,
17시간의 비행 끝에 아들을 안으니 그래도 아빠 얼굴을 잊지 않고 웃던 아들, 리스본에서 걸음마부터 시작하던 아들이 걷고 또 뛰어다니던 일,

몇 번 되지는 않았지만, 아내와 아들을 데리고 나들이 가던 날,
열이 펄펄 끓던 아들을 데리고 말도 잘 안 통하는 리스본의 한 병원 응급실에 뛰어가던 일…. 지금까지 아내와 아들과 함께했던 순간들을 영화필름 돌리듯이 그려보았다. 그래도 잠이 오지 않아 아들의 뺨에 손을 대고 한참 얼굴을 보았다.

이런 아들을 내게 주어 하늘에 감사하다고 수천 번도 더 말했건만,
자주 놀아준 것도 아니고 혼도 많이 내고 피곤하다고 짜증만 냈던 아빠가 아니었나 하는 생각에 미안한 마음만 가득했다. 내일이면 이렇게 보드라운 아들의 얼굴을 한동안 만질 수도 없겠지…. 하는 생각에 나도 모르게 눈물이 주룩주룩 흘렀다.

나보다 더 좋은 아빠를 만났으면 더 행복하고 사랑받을 텐데.
못난 아빠를 만나서 너무 부족하게만 해준 것은 아닌지.
아들을 사랑하는 것보다 아빠를 더 사랑하는 아들….
얼마나 소중한지 리스본에서의 마지막 날에서야 깨닫는

구나.

그러다 잠이 들었다.

새벽 세 시에 일어나 준비를 시작했다. 피곤할 텐데 잘도 일어나서 따라나서는 가온이.

"아빠도 비행기 타는 거야?"
"아냐, 가온이는 엄마랑 타고 가는 거야."
"아빠 안 타면 나두 안 타."
나는 피식 웃고 차디찬 새벽바람을 가르며 공항으로 향한다.

공항에서 표를 끊고 수화물 수속을 한 다음, 아내를 아들과 함께 출국심사대에 보냈다.
어, 그런데…
가온이가 갑자기 안 간다고 버틴다.
아까 아빠가 안 타면 자기도 안 탄다고 했잖냐면서.
"아빠가 사무실 갔다 와서 탈게. 맨날 그러잖아."
아내가 아들을 데리고 탑승구로 들어간다.
그 말이 맞는 건지 의심스러운 듯 아들이 타는 곳으로

올라가는 계단에서 계속 뒤돌아본다.

아내가 들어가라고 손을 흔들었다.

눈에 눈물이 흘러넘치기 직전이다. 안 되지.
나도 같이 흔든다. 빨리 가라고.

잠시 후,
계단 위로 아내와 아들의 얼굴이 사라졌다.

가슴이 텅 비었다는 건 이런 걸 의미하는 것일까.
공항에서 돌아오는 길은 너무나 황량하기만 하다.
잘못했던 일들이 너무 많이 생각나 후회스럽기만 하다.
이제 17시간 50분의 긴 여정을 거쳐 아내와 아들이 잘 도착하기만 바랄 뿐이다.

영화는 보다가 지나간 장면을 보고 싶으면 뒤로 돌려도 되지만 인생은 한 번 지나가면 되돌아갈 수 없다.
아들의 귀여운 웃음, 목소리, 그리고 품에 안았을 때의 행복함은 지나면 사라져 버리는 것이다.

인생에 여러 가지 길이 있겠지만, 나는 내 아들과 내 아내와 느낄 수 있는 소소한 행복을 많이 느껴가면서 살고 싶다.

몇 달 뒤 다음 임지인 상파울루에서 아내와 아들을 다시 보게 되면 많이 달라진 모습으로 있겠지.
다시 시작될 상파울루에서의 삶을 그리며 리스본에서 함께한 아내와 아들과의 추억을 닫는다.

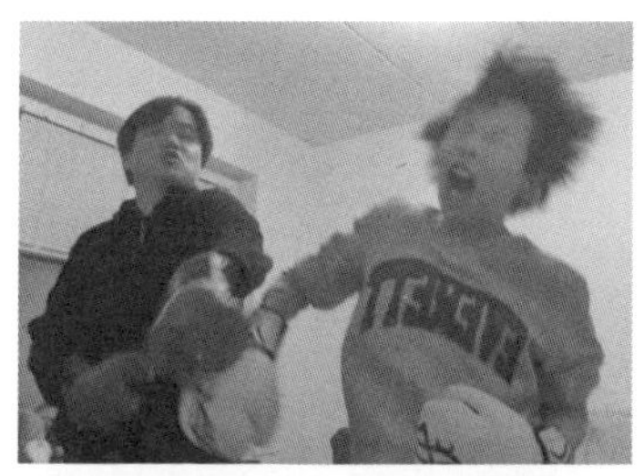

아들과의 혈투 - 물론 지금은 아버지로서 거친 세상을 살아가기 위한 생존법을 가르친다.

쇼생크 가출 -
마누라를 속이기로 했다

증상을 호소하는 남자들에게 잠 못 드는 밤이 많다는 것 말고 갱년기라는 확신을 심어주는 증상이 바로 짜증이 는다는 것이다. 이유가 있어서 그런 경우도 있지만 때로는 대놓고 말할 수 없는 이유로 짜증이 나는 경우가 있다. 호르몬이 변하고 어쩌고 하는 말을 많이 들었었는데, 실제 나도 그 시기가 되니 설명은 할 수 없는데 화가 나는 일이 많아지는 것 같았다. 직장에서는 어쩔 수 없이 참을 뿐, 특히 집에서 더 그런 것 같다.

그런데 그게 이유 없는 투정이라고 볼 수는 없고, 쌓아

두면 말할 수 없는 분노에 주체할 수 없으므로 참는 것만 이 꼭 답이 아닐 수도 있다. 그럼 어떻게 하나? 불륜이라도 저지르나? 그런 건 영화에나 나오는 로맨스지 평범한 일반인에게 있을 수 없는 일이다. 왜냐고? 거울 앞에 서서 중년의 볼품없어진 몸과 얼굴을 보면 스스로 답을 찾게 된다.

물론 간혹 드라마에서나 나올만한 일을 감행하는 용감한 남자가 있기는 하다. 내 주변에도 있었는데,

5년 전, 6년 반의 외국 생활을 마치고 한국으로 들어왔을 때 일이다. 20년 공무원 생활 중에 처음으로 교육기관에 발령받아 국장급 교육과정을 맡게 되었는데, 어느 3월 국내 안보 현장학습 차 판문점을 가게 되었다. 아침부터 정신없이 업무를 챙기고 사무실에서 출발했는데 이동하는 버스 안에서 나보다 다섯 살 정도 많았던 것 같은 사무실 중년 여직원이 고민스럽게 입을 열었다.

남편이 어제 집에 들어오지 않았는데 밤새 연락도 없었고 지금까지 연락이 안 된다는 것이다. 지금껏 30여 년이 다 돼가는 결혼 생활에 이런 적이 없었던 데다 묵묵하고

성실한 남편과 그동안 다툼 한번 없었고 종교 생활도 같이 했는데 너무나도 뜻밖에 벌어진 일이라 걱정이 앞선다는 것이었다. 나는 일단 남자들이 술 마시다 보면 깜박하고 여관 같은 데서 자다가 휴대폰 배터리가 다 방전될 수 있으니 9시가 되면 회사에 출근했는지 전화해 보고 그러고 나서 경찰에 실종신고를 할 건지 결정하라고 했다.

우리 버스가 목적지에 다다랐을 때 무렵, 그 직원은 더욱 안절부절못하며 말했다. 회사에 연락해 보니 남편이 어제부터 출근을 안 했다는 것이다. 그렇다면 연락이 끊긴 시간이 더 뒤로 가는 것이 아닌가. 직원에게 여기 일은 나와 다른 직원들이 맡을 테니, 바로 집으로 들어가서 경찰에 상담하라고 했다. 들어간 직원은 카톡으로 상황을 전달해 왔지만, 그 남편은 그날도 들어오지 않았다. 주말 내내 마음 졸였을 직원을 생각하며 걱정했지만 내가 크게 도와줄 것이 없어 너무 안타까웠다.

다음 날 아침, 기적같이 그 남편이 돌아왔다는 카톡이 왔다. 그리고 아무 말도 없이 내내 방에서 잠만 자는데, 너무 하늘에 감사하고 행복하다는 메시지가 왔다.

나중에 들어보니, 남편은 메마른 회사 생활에 지쳐 탈출을 감행했고, 강릉 경포대와 주변 산 일대를 다니며 이 생각 저 생각하다가 밤도 새고 노숙도 했다는 것이다. 그 직원은 이 일을 계기로 자신이 남편에게 잘못 생각한 것이 없었는지 반추하는 계기가 되었다면서 남편과 주말에 조카 결혼식 차 지방에 내려갔다 오는 소소한 일상이 너무 행복했다며 함박웃음을 지었다고 했다.

그 얘기가 너무 공감이 갔다. 어디론가 떠나고 싶지만 떠날 수 없는, 그러기에 계속 답답함만 쌓여가는 그 심정을 누가 모를까. 부모에게 털어놓자니 너무 나이가 드셨고, 친구들과 얘기하자니 그들도 똑같은 처지로 답답한 상황인데 내가 가서 그들에게 뭐라고 할 것이며, 아내와 어린 자식에게 이런 자신을 드러내놓고 말하는 것도 우스울 것 같다.

언젠가부터 남자에게 고독은 매우 어울리는 것이며, 가을은 남자의 계절이라는 말과 고독을 씹는 것을 낭만인 것처럼 얘기했다. 하지만 채울 수 없는 고독함에 가슴 시린 기억이 계속되기에 연배도 달라 나와는 거리가 멀 것 같다고 아내의 생일 카드 - 씁쓸한 마음에 답장 만화를 그리다.

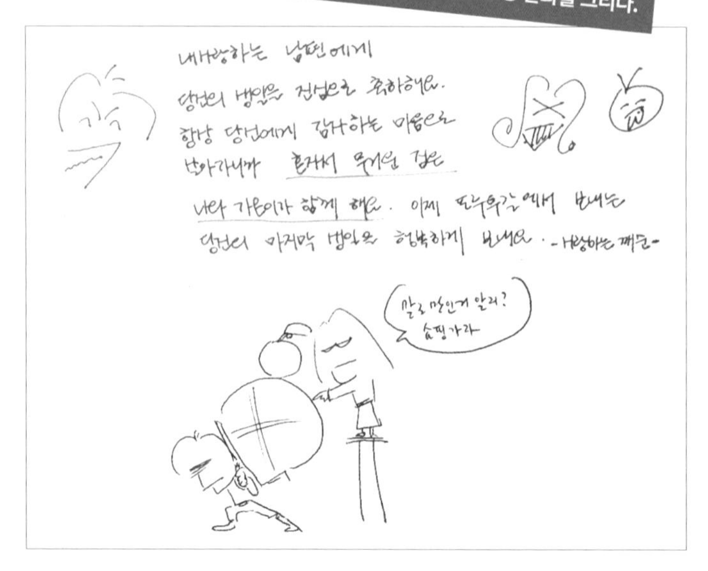

생각했던 최백호의 '낭만에 대하여'나 신해철의 '나에게 쓰는 편지'를 듣고 또 듣는다.

외국에 나가 살면 아예 화끈하게 외롭거나 한국에서의 생활을 잃어버리기에 외롭지 않을 것으로 생각했는데, 이전에 근무했던 리스본, 상파울루, 칭다오에서 모두 '담배가 이렇게 좋은 친구가 되는구나.' 느낄 만큼 처절하게 외로웠다. 그러나 서울로 돌아와도 다시 한국을 떠나도 채워지지 않는 외로움이 계속되는 건 아니 어쩌면 더 심해지는 건 무엇 때문인지 모르겠다. 지구상 어디에 서 있더라도 한국의 중년 남자는 외로운 존재인가 보다.

그런데 생각해보니, 나도 그런 가출을 한 적이 있다.

일명 '쇼생크 가출'. 중년 남자의 짜증은 단순히 투정이라고 볼 수는 없고, 쌓아두면 표현할 수 없는 분노를 다스릴 방법이 없는데 사실 참는 것만이 능사가 아닌 때도 있다. 그땐 과감하게 하루 정도는 '가출'을 해보라고 말하고 싶다. 배우자든 자식이든 간에 자신이 알 수 없는 이유로 화가 나 있다는 걸 표현하고, 나 스스로가 소중한 사람이란 걸 자신에게 또 가족에게도 깨달을 수 있는 시간이 되도록 가출할 필요가 있는 것 같다.

5년 전인가? 한국에서의 그날은 일요일이라 모두 늦게까지 자고 있었다.

나 혼자 깨서 소파에 앉아있는데 아내가 부스스 일어나서 말한다.

"오늘 뭔 날이라도 되나? 안 자고 모하노?"

에이…. 그냥 옷 갈아입고 나가야겠다는 생각이 들었다.

잠시 후 일어난 아들이,

"아빠, 오늘 뭐 잊은 거 없어?"

"뭐?"

"나랑 아침에 농구한댔잖아."

일말의 기대조차 사라져 왜 저러지? 하는 둘의 눈빛을 뒤로하고 그냥 집을 나와버렸다.

그날은 내 생일이었다. 마흔다섯 번째….

집을 박차고 나오는 순간, 아내의 카톡이 빗발친다. 미안하니 빨리 들어오라고. 엄마의 사주를 받은 아들도 "아빠 보고 싶어요" 같은 말로 갖은 유혹을 한다(나쁜 놈, 벌써 제 엄마한테 넘어가서…).

요즘 드라마에는 수십 년 전 슈퍼맨이 하늘을 나는 것보다 더한 환상이 많이 펼쳐진다. 엄청난 근육질에 머리는 천재인 정의로운 20대의 재벌 2세, 사회경력이라곤 털끝만큼도 없는데 엄청난 경영 수완을 발휘하는 30대 초반의 유학파 본부장(직함도 꼭 본부장이다), 항상 바쁜 와중에도 아내를 위해 퇴근길에 꽃다발을 준비하고 가족을 위해

요리해주는 자상한 중년 남자…. 이를 본 부인들이 맨날 회사 일에 찌들어 똥배 나온 남편들을 혐오하게 되고 가정불화를 일으키니 어찌 보면 사회악이라고 할 수도 있으려나. 남자들은 그걸 욕하면서도 무의식중에 의식하게 된다. 그래봤자 담배 한 대 더 무는 거밖에는 다른 방법도 없는데.

드라마는 거의 안 보지만 주워들은 것은 있어서, 나 또한 가정적이고 착한 아빠 콤플렉스의 영향을 받았는지, 주섬주섬 차려입고 호기롭게 나왔지만 많은 갈등이 인다. 젠장 사실 뭐 목욕탕이나 도서관 등 몇 개 빼고는 특별히 갈 데도 없으면서, 주말에 좋은 아빠가 되어 같이 놀아주고 싶었는데…. 아내와 아들에게 텔레비전에 나오듯이 살갑게 대해주려고 했는데 이게 뭐야….

하지만, 이때가 위기다.

결코 굴복하면 안 된다. 에구 그래… 하고 발길을 집으로 돌리는 것은 대한독립 만세라고 외치려고 3.1 운동에 나왔는데 나중에 뭐 잘못되면 어쩌지? 하고 다시 집으로 돌아가는 꼴과 같다. 전화를 꺼버리고 꿋꿋하게 가던 길을

아들과 놀아주기 - 오락하면서 웃겨주기도 힘들다.

간다. 마땅히 정해진 데도 없지만.

사실 어제 집에 있으면서 느낀 건… 나 없어도 아들이나 집사람이나 자신들의 친구들과 잘 논다는 것이다. 아들은 미술학원 갔다가 아예 친구들하고 피자 사달라고 엄마를 불러대고 이후 레고 마을에 가서 블록 가지고 온종일 놀고, 엄마는 그런 아들 피자 사주러 동네 아줌마랑 몰려가면서 밥은 알아서 챙겨 먹으라고 한다. 그사이 나는 동네 산을 두 번이나 올라갔다 왔다. 아… 은퇴하고서나 가는 등산인 줄 알았는데….

그런데, 혼자 있다 보면 이래저래 미뤄뒀던 나에 관한 일들이 참 많았다는 것을 알게 된다. 공부든, 일기든, 건강이든, 친구든, 인간관계든… 일상에 치여 보지 못한 나에 대한 많은 것들이 정리되지 않은 채 살아가고 있음을 느낀다. 마치 계속 공부하고 또 시험은 계속 치르는데 정작 복습하며 정리하지 않으면 아무것도 남지 않는 것처럼….

생각이 조금 더 발전하면, 굳이 누군가를 만나 수다를 떠는 것 이상으로 세상 살아가는 이치나 고민을 스스로 해결하거나 함께 고민해 줄 수 있는 것들이 무척 많다는 것을 발견한다. 팟캐스트를 듣다가 보면, 아, 나만 이런 고민을 하는 것이 아니고, 아, 이 사람은 이래서 나보다 아는 게 많은 사람이구나… 등등 요즘 좋은 내용들이 워낙 많다. 간혹 주말 신문 특집 섹션의 사람들이 살아가는 이야기 - 그때는 신문에 연재되는 은퇴 이야기를 참 재밌게 보았다 - 등도 혼자만의 시간을 풍요롭게 한다.

그런데 금강산도 식후경이니 우선 예전엔 망설이던 나주 곰탕집에 들어가서 다 필요 없다, 나한테도 좋은 거 먹여 보자는 식으로 특짜를 시켰다. 그리고 혼밥에 대한 실험도 한다. 오히려 좋았다. 먹는 시간만큼은 맛있는 것을 사 먹어주면서 자신에게 상을 주고 아밀라아제와 음식이 섞이는 동안 음미를 할 수 있는, 내가 살아있다는 좋은 느낌도 받을 수 있는 것 아닌가.

친구에게 연락할까 하다가 이렇게 된 거 좀 더 해보자… 하며 거리도 걸어본다. 아… 이런 데가 있었구나…. 나중에 이런 데 살면 좋겠다. 또 이건 이렇게 바뀌었네. 세상에 저렇게 재밌는 얼굴을 하고 즐겁게 사는 사람…. 등등 의외로 재밌는 게 많다. 그리고 시간 때우기의 성지인 동네 목욕탕에 방문해 아재들의 삶을 미리 탐방하기도 하며 그 속에서 생활의 재미도 느껴본다.

그날도 한증탕에 있는데 충청도 아재 둘이서 얘기한다.

ㄱ: 야 병철이가 낼 서울 가유 라고 문자를 보냈는디, 문자가 쪼개져서 유 자가 한 시간 뒤에 왔댜.

ㄴ: 거 가끔 그렇게 쪼개져서 올 때가 있어.

ㄱ: 그런 놈들 때메 고향 사람덜이 느리다는 오해를 받는 겨.

…(순간 정적) 3분 뒤 모래시계가 다 떨어지자 둘이 나갔다.

잠시 후 나도 나와 온탕에 들어가니 그 두 아저씨가 있었다. (흐르는 정적…)

ㄴ: 근데 인마 마지막 글자가 한 시간에 오든 하루 있다 오든 뭔 문제가 생기는 겨?

ㄱ: 참 대답도 빨리 허네. (다시 정적… ㅋㅋㅋ)

목욕을 마치고 나오니 두 아저씨가 열심히 물기 닦고 드라이로 남은 물기도 말리고 있었다.

나도 거울 보며 드라이하는데 ㄴ 아저씨가 뭘 계속 찾는 거 같았다.

ㄱ: 아까 너 한증탕에서 열쇠 두고 나오던디.

ㄴ: 이런 *** ~ 인생을 그렇게 살지 말어 인마.

한국은 참 시간 때울 데가 많다. 간혹 일상 코미디들도 있고. 가출도 막상 해보니 괜찮은데? 하는 자신감도 생긴다. 웃고 또 개운하게 목욕하고 나니 새사람이 된 것 같다. 이제 좀 움직여 볼까나.

하지만, 나의 가출은 오후 3시가 돼서 끝나버렸다. 친정에 일이 생겨 급히 내려가야 한다는 아내의 카톡에 그럼 애는 어떻게 할 건지 걱정되는 바람에 다시 집으로 발걸음을 옮긴다. 애가 좋아할 떡볶이, 순대, 빵을 사서. 물론 집사람의 카톡이 거짓말이라는 건 짐작한다. 하지만 이런 것도 여러 번 해봐야 늘지 익숙해지지 않으면 오래 하지도 못한다.

그래도 하루 정도 가출은 눈 딱 감고 시도해 봐야 한다. 해봤자 하루를 넘지 못하는 것이 태반이겠지만.

집에 돌아오면 역시나 내가 없이도 아내와 아들은 잘 놀고 있다. 그리고 늦은 생일 축하를 받는다. 그렇게 나의 가출은 반나절 만에 끝났다. 말 그대로 쇼(show)로 전락해

버린(sank) 탈출이었다.

방송인 기안84가 39번째 설을 맞이하며 '30대를 살아보고 느낀 점 5가지'라는 제목의 영상을 올린 적이 있다. "친구들과의 관계가 소홀해진다. 다들 각자 먹고 살길 찾아 떠나면서부터는 사는 방식이 좀 달라지다 보니까 공감대도 달라지고 대화의 주제들도 바뀌고 나이를 먹을수록 얼굴 볼 기회가 줄어든다.", "희로애락이 퇴색돼도 외로운 감정은 뚜렷해진다. 맛으로 따지면 단맛, 신맛, 짠맛은 당연하게 받아들여도 매운맛은 늘 충격적이지 않나. 매운맛은 통증이라고 하더라. 어쩌면 외로움이라는 것도 감정의 영역이 아니라 통증의 영역이 아닐까"라며 적었다. 그렇게 유쾌할 것 같은 유명인도 외로움을 느낀다니.

나이를 먹는 것은 외로움에 익숙해지는 것이다. 그렇기에 점점 친구들, 지인들과 연락이 소원해지고, 사이가 멀어지는 것에 서운해하지 말자는 주문을 넣어야 한다. 그 빈 자리를 혼자 할 수 있는 것으로 채워야 한다.

근데 그게 하루아침에 이루어질까. 운동을 계속해야

근육이 생기듯, 우리는 혼자만의 시간을 많이 갖고 음미하며 외로움에 익숙해져야 한다. 커피 한 잔을 친구 삼아 얘기할 수 있어야 하고, 젊은 날에 들었던 유행가가 내 주변을 감싸도록 하며, 스스로 생각과 끊임없이 교감해야 한다.

전문가들은 나이 들수록 인간관계가 중요하다고 한다. 그런데, 여자보다 인간관계를 맺는데 서툰 남자들이 말 그대로 '나이 들수록' 그렇게 인간관계를 만들어 나가는 게 쉬울까? 그럼 그 인간관계의 대상에 '자기 자신'을 넣는 것이 어떨까. '인형의 꿈'의 가사처럼 한 걸음 뒤에 서 있던 '나'를 위해 맛있는 것도 사주고 목욕도 시켜주고 또 얘기를 나눌 수 있다면, 그게 평생 나의 인간관계 중 가장 중요한 부분이 아닐는지.

대학 시절 보았던 인생 영화 '쇼생크 탈출'에서 마지막에 주인공이 하는 잊히지 않는 대사가 있다.

"희망은 좋은 거예요. 어쩌면 제일 좋은 것일지도 몰라요. 좋은 것은 절대 사라지지 않아요."

영화의 주인공 앤디처럼 우리는 평생을 남의 눈을 의식하며 자신이 만들어 놓은 감옥 안에서 죽음을 맞이하는 사형수처럼 살아가고 있는지 모른다. 어차피 결국 죽는다는 점은 같으니까. 그럼 결론이 같다고 가만히 있는 것보다는, 결론이 같으니까 좀 다르게 살아보는 것도 좋지 않을까? 내 마음속에서는 언젠가부터 그런 다른 삶을 갈구했는지 모른다. 그러니 영화 '쇼생크 탈출'의 엔딩 장면을 보며 그렇게 가슴 벅차하고, 얼마 되지도 않는 하루 가출에 그렇게 좋아했을지도 모르지. 그런 가슴 벅참을 다시 한번 느낄 수만 있다면….

그래서 난 결심했다.
난생처음 마누라를 속이기로.

앤디가 조용히 탈출을 준비했다면
나는 조용히 가출을 감행하기로.

[또 다른 아버지의 가출]

'그렇게, 아버지가 된다(아버지는 자식을 낳고, 자식은 아버지를 낳고)'의 저자 윤용인은 어느새 훌쩍 커 버린 딸이 스르륵 아버지 품에서 빠져나가는 모습과 누구보다 예뻐했던 아들이 아버지를 멀리하고 방황하는 모습을 지켜보며, 아버지로서 자신을 원망하고, 자책하고, 무엇보다 좋은 아버지란 어떤 아버지인가에 대해 고민하기 시작했다고 한다.

본인의 아버지처럼 무섭고 어려운 아빠가 되기 싫었던 그는 아이들과 더 많은 시간을 함께 보내고, 불필요한 권위를 내려놓고, 아이를 내 몸같이 사랑했다고 한다. 아버지로서의 자기 자신에 대한 저자의 고민은 점차 우리나라, 우리 시대의 보편적인 아버지들에 관한 생각으로 이어지면서, 아버지는 참 특수한 존재라고 말한다. 사람들이 이야기하는 제 어머니는 저마다 다른 성격과 색깔을 갖고 있지만, 제 아버지는 모두 비슷하다면서 똑같이 늙어 가고 있고, 똑같이 괴팍하고, 똑같이 이기적이며, 똑같이 권위적이고, 똑같이 멀고 원망스러운 사람이라고 설명한다.

저마다 자기 이름을 갖지 못한 채, 똑같은 무늬의 아버지로 살아가는 인생은 얼마나 불행한가. 그는 아버지로 살아간다는 것이 좀 더 행복한 일이 되어야 한다고 말한다. 그러기 위해서는 가족을 위해 희생해야 할 때 보상을 바라지 말아야 하며, 자식을 위한 지출보다 나의 노후를 위한 지출을 더 큰 비중으로 두어야 하고, 최소한 아내가 없을 때 혼자 밥을 해 먹을 수 있을 정도의 능력을 키워야 한다고 강조한다. 한마디로, 아버지 자신이 고유한 개성을 가진 독립적인 개인이 되어야만, 아이도 아내도 본인 자신도 행복해질 수 있다는 것이다.

그는 많은 고민 끝에 아들이 충분히 방황할 수 있는 시간과 공간을 가질 수 있게 그리고 본인 스스로 행복을 되찾기 위해, 집을 나왔다. 아들과 일정한 거리를 두며 관계가 회복되길 기다리는 한편 중년 이후 본인 삶을 충만하게 가꿔 나가기 위한 준비를 하고자 나왔다는 것이다. 가족에게 돈만 갖다주면 그만이라 여겼던 예전의 아버지들에서 '딸 바보', '아들 바보'가 되어 자식에게 푹 빠져 있는 요즘 아버지로의 진화가 끝이 아니다. 아버지의 진화는 아버지 개인의 삶도 충분히 행복할 때 비로소 최종 단계에 진입한다고 한다. 그렇게, 아버지가 된다고.

저자는 잠시 아들에게 내 집을 단독 활보할 수 있는 권한을 주기로 하고 집을 나왔다. 집 근처에 작업실을 하나 얻어서 요리하고, 글을 쓰고, 책을 본다. 그리고 아버지로서 어떻게 자식을 관리할까를 고민하기보다 자신의 인생 후반기를 어떻게 꾸려야 할까를 더 생각하며 깊고 세밀하게 인생을 구체적으로 설계한다.

성인이 된 딸은 아빠의 작업실에 놀러 와 청소도 하고 아빠가 해 준 저녁을 먹은 후 집에 돌아간다. 아들의 경우, 그게 언제인지는 몰라도 저 스스로 아빠를 찾아올 때까지, 작가는 기다릴 것이라고 한다. 그전까지는 아들이 단독 산책자로서 편하게, 눈치 보지 않고, 가출의 동기를 느끼지 않고, 마음껏 자기 집을 활보하게 할 것이라며.

작가는 우리는 각자 자기의 삶을 살고 행복해질 권리가 있다면서 아버지도 그렇다고 한다. 다만 언제든 가족이 가장을 필요로 하는 그때, 그들의 든든한 배경이 되기 위해 체력과 애정을 비축하고 있으면 되는 것이다. 원시 시대의 아버지는 사냥과 전쟁터를 전전하다 집에 들어가면서 부성을 회복했고, 이 시대의 아버지인 작가는 집을 나옴으로써 부성을 회복하려 한다고 말한다.

아, 정말 가출해야겠다.

지나면
이제야
보이는 것들
감사
대학 시절, 나를 동생같이 아껴주던 선배가 있었어.
그럼 네모도 있나요?
난생 처음 집을 떠나 기숙사 생활을 하며 어려운 시기 힘이 돼 주었고
아녀유
그가 졸업한 이후 근무하는 전경대에 찾아가 술 한잔 기울일 만큼
선배님도 네모가 되셨네요
난 직사각형이야
죽을래?
형제 같은 선배였지. 이후 그는 국비 유학으로 미국으로 건너갔고
비행기도 네모네요
저게 비행기?
10년 만에 직장에서 다시 만났어. 다른 부서였지만.
오랫만이야~
멀리서 봐도 알겠네
하지만, 시간이 너무 지났을까. 뭔지 모를 거리감이 느껴졌고,
좀 달라진 네모가 됐어.
학교 같지 않은 사회생활에서 더 이상 예전의 선후배는 아니었지.
서먹
서먹
나처럼 그도 나중에 경찰을 떠났는데 항상 찜찜함은 남아.
더 멀어지네…
해외 생활을 하면서도 나중에 한국에 들어가면 회포를 풀고 싶었어.
하지만 새 직장에 적응하기도 힘든 내가 그럴 시간도 없었고
빨리!
Hey!
에구
40대가 돼서 더 바빠져, 다시 또 '언젠가'로 미룰 수밖에 없었지.
언젠가
언젠가
언젠가
언젠가
언젠가
언젠가
언젠가
언젠가

그런 어느 날, 친구와 카톡 통화를 하다가 그의 소식을 들었어.

그날 밤, 여러 가지 생각이 들었지. 그리고 후회도 많이 했고.

말 그대로 '이제는 볼 수 없는 사람'이 되었으니까.

40대가 넘어서부터 많은 사람들의 부고를 접하게 돼.

손에 쥔 바닷가 모래가 빠져나가듯 그런 잊혀짐이 우울하게 했지만

어느 순간엔가 내 주변에 같이 있는 사람들이 눈에 들어왔어.

직장 생활이 매너리즘에 빠지고 업무 책임도 늘어나다 보니

어디 쌈박한 구세주나 멋진 이가 나타나길 바랄 수도 있지만.

이제 새로운 인연보다 지금 곁에 있는 가까운 사람부터 챙겨야 해.

특히, 가장 편하다고 아내나 아들에게 화를 내지 않았는지?

그럼 '언젠가'라고 생각하지 말고 오늘 당장 감사하다고 해봐.

주변에 대한 감사한다는 마음, 그것만으로도 좀 행복해질 테니까.

기르던 개가 목줄이 풀리면

아내 몰래 스웨덴 중부를 관통하는 '인란드바난'을 따라 가는 여행을 떠날 것인가에 대한 고민은 그렇게 결정됐다. 생각하고 물에 뛰어든다기보다는 뛰어들고 나서 생각하고, 후회하더라도 해보고 후회하자는 결단 아닌 결단을 내렸다.

야, 이게 얼마 만에 혼자 가는 거야. 설렌다.

결혼 이후 여행은 일정, 식당, 숙박 예약은 물론 운전도 도맡아야 했고 계획을 세우면 도착 시간까지 재곤 했는데, 이번은 일단 떠나고 나머지는 나중에 생각하기로 했다.

스웨덴의 여름은 정말 아름답기도 하지만 굳이 얼어 죽거나 위험한 것도 없기에.

일단 떠나보자고 맘을 먹고, 평소 가깝게 지내던 대사관 동료 직원인 '시몬' 씨에게 뜻을 같이할 것을 물었는데 흔쾌히 같이 가겠다고 하여 더 용기가 났다. 나이는 나보다 한참 어리지만, 속이 깊은 그는, 운전 교대는 물론 먹을 것은 본인이 다 준비하겠다고 했고, 나는 내 차와 숙식비와 중간중간 밥값이나 부담하기로 했다. 나이 먹으면 입은 닫고 지갑은 열라고 했는데, 지갑을 열어 젊은 시절 골치 아픈 준비를 덜어낼 수 있다면 그것도 좋은 일 아니던가. 물론 예전에 말은 이렇게 하면서 몇 시간 혼자 떠들어대던 노인들을 생각하며 조심해야겠다고 다짐했다.

이후 밤마다 아내와 아들이 잠들면 독립투사가 거사를 준비하듯 몰래 일정도 짜고 혼자 킥킥대며 좋아했다. 몰래 주말에 차 트렁크에다 양말과 속옷도 좀 넣어두고.

드디어 아내와 아들이 떠나는 날이 왔다. 아내는 일주일간 잘 지내야 하는데 어떡하냐고 계속 걱정했다. 집에서 심심할 텐데 외로워도 내 생각하면서, 금방 올 테니까 잘 지내고… 식사는 거르지 말고 냉장고에 반찬 해놓은 거 챙겨 먹고 세탁기도 알려준 대로 하고… 등등. 심심하고 외로운 건 맞을 텐데 왜 당신 생각을 해야 하지? 라는 무모한 상상(?)을 하면서 피식 웃었다.

"어쩔 수 없지… 나야 네가 애하고 재밌게 놀다 오면 좋지 뭐."

나도 영혼 없는 답변을 했다.

아쉬움을 뒤로하고 모임 장소에서 내리는 아내와 아들에게 슬픈(?) 표정을 지어준 후 안녕 인사하고 차를 출발하는데, 걱정스러워하는 아내의 얼굴이 겹치면서 갑자기 감정이 솟구치고 말았다.

"이야호!" ^0^~

나는 미친 듯이 차 안에서 계속 소리를 질러댔다.

몇십 분 후 동행키로 한 직원과 만나고, 차는 스톡홀름

시내를 벗어났다. 예상대로 푸르른 자연이 펼쳐졌고, 스웨덴의 1년 중 가장 아름다운 풍경이다. 동행하는 직원과 두런두런 얘기를 나누다 보니 아, 이런 좋은 자연에 아내와 아들을 데리고 왔으면 좋았겠다는 죄책감도 들었다. 물론 실제 데리고 다니다 보면 별 관심들도 없고 매번 아내와 툭탁대는 게 일이긴 하지만, 아까도 영혼 없는 답변을 하더니 죄책감도 영혼 없는 죄책감을 하네? 라는 생각이 들었다.

한편으론 아내가 저녁에 전화해서 어디냐고 확인할 텐데 괜히 나왔나 라는 생각과 그냥 오늘 저녁까지 달리는 대로 가고 어느 정도 간 후 집으로 돌아올까, 그냥 집에서 편하게 유튜브나 보면서 맥주 한잔하고 주말에다 휴가까지 냈으니 늦잠을 자도 괜찮은데… 라는 생각도 들었다. 내 머리 위에 하얀 천사와 검은 악마가 쌍으로 날고 있었다. 갈까 말까를 다시 또 고민하기 시작했다.

“참사관님, 무슨 생각을 그렇게 하세요?”

“어, 아니야. 그냥… 시몬 씨 이름은 왜 그 시몬이야?”

“네? 아, 어머니가 신앙심이 깊어서 바꾼 건데, 사실은 ‘기년’이 이름이에요.”

"기년? 무슨 욕인 거 같네? 남자 이름이…"

"집안에서 '년'자 돌림이어서요… 동생 이름은 '상년'이에요."

"풉!"

"저번에 카톡으로 말씀드렸잖아요…"

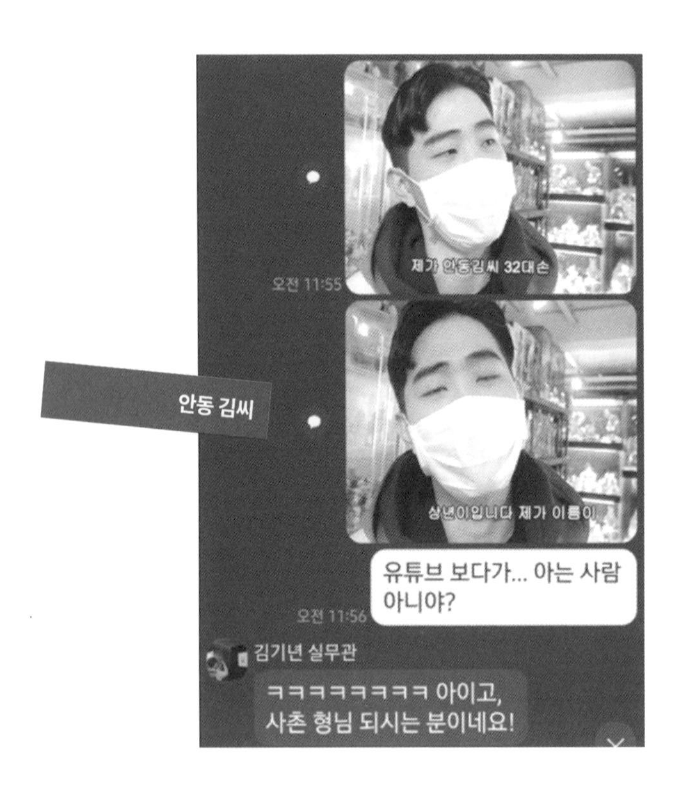

한참 웃고 나서, 그의 가정사에 관한 얘기를 들을 수 있었다. 성실하고 심성이 착했던 시몬 씨의 삶의 궤적 자체가 나와 비슷하다는 사실에 놀라지 않을 수 없었다. 나이 차이는 크게 나지만 항상 참고 순종하는 삶이 싫어서 젊었을 때부터 외국 생활을 시작했다는 그의 과거를 들어보니 동질감이 들었다. 이번에 파트너는 정말 잘 고른 거 같았다. 맘이 통하니.

"그나저나, 우리 어디까지 갈까?"

시몬 씨가(먼 데까지 여행 가자고 하던 소릴 들었었으니…) 당황한 표정을 짓는다.

아, 기르던 개는 목줄이 풀려도 어쩔 수 없나 보다.

"그냥 우리 Dalarna(스톡홀름에서 2시간 정도 거리)까지만 갔다가 돌아오자."

집에서 기르던 개는 목줄을 풀어놔도 멀리 도망 못 간다더니, 혼자 떠나는 것이 맘이 그렇게 편하지는 않았다. 일정으로 짠 지역들은 여행 책자에도 안 나오는 곳으로 그냥 Inlandsbanan에 따라 찍어놓은 것이고, 거기에 뭐

대단한 관광지가 있는 것도 아니었기에 다음을 기약하고, 지나가는 길에 간단히 점심이나 먹고 돌아가기로 했다. 그래서 들른 곳은 Dalarna의 관문인 Avesta였는데 큰 버거킹 가게가 있어 간단히 점심을 때우기로 했다.

주차장에는 스웨덴을 대표하는 목각 인형인 달라호스(Dala horse) 상이 있었다. 나중에 알고 보니 그게 스웨덴에서 가장 큰 달라호스(높이 13m, 길이 12.8m)로, 옆에는 스웨덴 출신의 높이뛰기 세계기록 보유자 아르만드 두플란티스가 기록한 높이(6.18m)를 표시한 표지판이 세워져 있었다.

지나가다 햄버거 가게에 들렀는데, 거기에 스웨덴을 상징하는 달라호스 중에 제일 큰 걸 만난 것은 우연치고는 기분 좋은 우연이다. 엇? 이 또한 무슨 징조일까?

달라호스를 보고 흔들리다

세계 각국에는 그 나라를 상징하는 동물이 있다. 주로 올림픽 마스코트로 등장하는데 미국의 대머리독수리, 중국의 판다, 프랑스의 수탉, 호주의 캥거루 등등 각기 그 나라에서만 살고 있다는 특수성도 있지만, 그 동물이 가지고 있는 특수한 설화나 메시지를 담고 있는 일도 있다.

대표적인 것이 포르투갈의 '바르셀루스의 닭'이다.

포르투갈을 대표하는 기념품이기도 한 이것은 북부 Barcelos 지방의 한 전설에서 유래한다. 순례길로 유명한

‘산티아고 데 콤포스텔라’로 향하던 어느 순례자가 날이 저물자 Barcelos의 가정집에 들러 하루 묵기를 간청한다. 한데 이 순례자가 좀 잘 생겼었던지 그 집의 처녀가 연정을 품고 접근했는데 거절당하자 다음 날 앙심을 품고 그 순례자가 집에 있던 촛대를 훔쳤다고 고발했다.

당시에는 재판관이 식사하면서 재판했다고 하는데 재판 결과 교수형을 당하게 된(법이 좀 세긴 셌던 것 같다) 순례자는 “내가 정말 억울하다면 지금 재판장님 앞에 있는 저 닭고기가 일어나서 울 것이요!”라고 외쳤다고 한다. 결과는?

갑자기 재판장 앞에 놓여있던 간장치킨이 벌떡 일어나 “꼬끼요~” 하고 우렁차게 울고 순례자는 누명을 벗었다는 아름다운(?) 이야기. ‘이 뭐 말도 안 되는…’이라고 생각할지 모르지만, 이 전설로 인해 별 볼 일 없던 시골 마을인 Barcelos는 매년 관광객이 몰리고 ‘바르셀루스의 닭’은 포르투갈을 대표하는 상징이 되었다. 포르투갈인의 재치와 상상력이 번뜩이는 스토리다.

스웨덴도 '바르셀루스의 닭'과 같은 존재가 있으니, 바로 '달라호스(Dala Horse, 스웨덴어로 Dalahästen)'다. 굳이 해석하자면 '달라르나 지방의 말'이란 뜻이다.

우리나라에서도 외국의 대사관이나 기업들이 사무실에 88 올림픽 마스코트인 '호돌이'나 마을 입구에나 있을 '장승' 모형을 둔다면 '이 사람이 한국에 애정이 있구나'라고 생각하는 것처럼 스웨덴에 주재하는 상당수의 대사관이나 외국 기업 사무실에는 이 달라호스가 몇 개씩 있음을 볼 수 있다. '달라호스'는 스웨덴의 상징이다.

달라호스가 최초로 언급된 시기는 400년 전인 1624년이라고 전해진다.

오후 서너 시만 돼도 어둠이 찾아오는 길고 긴 스웨덴의 겨울밤, 집 안 장작불 앞에 있던 아버지가 귀여운 자식들을 위해 뭘 해줄까 생각하다, 흔하디흔한 땔감 나무토막 하나를 깎아 말의 형태를 만들었다. 왜 하필이면 개나 소도 아니고 말일까?

스웨덴에서 말은 여름에는 농장에서 일하고 교통수단도 되었으며 겨울에는 땔감을 날라주는 매우 귀중한 가축이자 친구였다고 한다. 척박한 스웨덴의 환경에서 이만큼 일해주는 가축도 드물었기에, 아이들은 아버지의 일을 돕는 말을 갖고 싶어 했고 그런 자식들을 위해 아버지는 목각 말을 만든 것이다.

아버지는 이 목각 말을 가지고 노는 아이가 다칠까 봐 수도 없이 표면을 깎고 다듬은 것도 모자라서 아이가 좋아하라고 예쁜 색도 칠하고 그 위에 장식도 해주었다고 한다.

생각해 보라. 온종일 일로 지친 몸을 이끌고 집에 돌아와서 아이를 위해 어두운 화롯불 앞에서 목각 말을 깎고 있는 남자의 모습을. 달라호스는 과묵하지만, 자식을 생각하는 스웨덴 아버지가 낳은 사랑이다.

달라호스가 최초로 대중에 판매되기 시작한 것은 19세기 초 달라르나주의 Mora 지방이라고 하며, 오늘날과 같은 모양을 갖춘 것은 다시 1세기가 지난 이후라고 한다(이는 스웨덴의 대표적인 달라호스 제작업체인 Grannas사의 설명이고, 달라르나 지역에서 전쟁 당시 구리광산에서 나는 빨간색을 칠했다는 얘기도 있다). 다시 1937년 뉴욕에서 개최된 세계박람회에서 스웨덴은 자국 전시관에 대형 달라호스를 세웠는데 이것이 언론을 통해 알려지면서 명성을 얻고 달라르나를 넘어 스웨덴의 상징이 되었다고 한다.

지금도 달라르나에선 최상급 소나무를 재료로 매년 25만 마리의 달라호스를 수작업으로 생산하며, 전통적인 빨간색 이외 다양한 색깔을 북유럽 전통 문양인 커비츠(Curbits)를 넣어 제작하고 있다. 달라호스는 단순한 목각인형을 넘어 스웨덴 생활 곳곳에서 발견되며 스웨덴을 방문하는 이들이 사가는 필수품이 되었다.

이야… 스웨덴 부성애의 상징 달라호스가 나오니까 더 싱숭생숭해지는데. 애하고 애 엄마는 잘 가고 있을까. 에이 또 고민이 앞선다. 꼭 우리 같은 모범생 가장들은(말하고도 민망하네) 이런 데서 흔들린다. 돌아갈까… 하다가 그래도 스웨덴에서 가장 크다는 달라호스를 본 거 자체가 대단한 거 아니야? 일부러 보려고 와도 2시간은 걸릴 텐데.

‘이래서 일단 나와야 뭘 봐도 보는 거지’ 악마의 설득력이 압도했다. 배를 채우고 나서, 일단 계획한 대로 갈 수 있는 데까지 가다가 핸들을 돌리기로 했다. 거리나 시간상 이 근처에서 중심지이기도 하고 유명하다는 Mora까지 갔다가 돌아오는 게 맞을 것 같았다.

조금 지나니 Siljan호수가 펼쳐지기 시작했는데, ‘어’라는 감탄사가 절로 나올만한 풍경이었다. 이 호수는 뭐지 하고 구글에서 찾아보니 “스웨덴에서 이 호수를 보지 않고 떠나는 것은 결혼식에서 신부를 보지 않고 가는 것과 같다.”라는 표현도 있었다. 바다처럼 넓은 호수에 끝없이 펼쳐진 숲은 ‘이야~’라는 탄성을 연발하게 했다. 그냥 보기만 해서는 너무 아까운 것 같았고, 어차피 오늘 돌아보고 갈 건데 발이라도 담가 보자 하는 생각에 차를 세울만한 곳을 찾다가 Rättvik이라는 곳에서 내렸다.

조그만 도심지 기차역 앞에 차를 대고 역을 가로질러 가니 모래사장이 길게 나타났다. 원래 호숫가에 모래사장이 있던가? 생각하고 지나다 보니 내 앞에 있는 건 바다라고 착각할 만큼 넓디넓은 풍경이 펼쳐졌다. 깨끗한 물 - 파란

하늘 - 푸르른 숲이 삼위일체가 되어, 호수 안 100여 미터까지 펼쳐진 데크를 따라 걷다 보니 청명하다고 생각했던 스톡홀름의 자연은 그냥 자연이 아니었다. 숲 - 호수는 스웨덴의 영혼이라는 말이 절실히 와닿았다.

여기서 뜬금없이 업무에서 벗어나지 못하는 생각이….

중국발 미세먼지에 대한 심각성이 사회 문제로 대두되었을 무렵, 스웨덴이 주도하여 국가 간 국경을 초월한 대기오염 문제를 해결하고자 체결한 세계 최초의 국제협약인 '장거리 월경성 대기오염 협약(CLRTAP)' 관련 정책보고서를 작성한 적이 있다.

이 협약의 추진에는 스칸디나비아 국가들이 핵심적인 역할을 했다. 그 참여 계기는 영국의 산업화 과정에서 발생한 심각한 대기오염으로 생성된 산성비가 바람을 따라 북유럽까지 이동하여 이 지역의 숲과 호수를 오염시켰는데, 호수나 숲은 스칸디나비아에서 매우 중요하고도 특별한 문화적 의미를 갖고 있으므로 (이들은 영혼이 숲에서 태어나 죽으면 숲으로 돌아간다고 생각) 스웨덴을 비롯한 북유럽 국가들이 문제 해결에 적극적으로 나서게 된 것이다. 당시 그게 무슨 뜻인지 가물가물했는데, Siljan호수는 머리만으로 이해하기 어려웠던 나의 한계를 현장에서 깨닫게 해주고 있었다.

어이구… 그런데 또 일 생각하고 있었네. 도대체 이놈의 집이나 일 문제 말고 언제나 다른 걸 좀 생각하려고 이러는 거지? 호수에 앉아 여러 생각이 들었다.

아까 발걸음을 돌렸었다면…? 어쩌면 달라호스 옆의 높이뛰기 세계 신기록 표지판은 그만큼 스스로 한계를 짓지 말고 뛰어넘으라는 메시지가 아니었을까(억지로 이유를 대려니 허허… 낯 뜨거워라). 늘 쳇바퀴 돌면서, 조금 벗어났는데 또 일상으로 돌아갈 생각을 해? 아직도….

"그냥, 조금 더 가보자. 아예 오늘 Orsa에서 자고. 좀 더 올라가 보자고."

시몬 씨도 좋다고 해서 우리는 다시 북으로 계속 갔다.

갈수록 호수는 끝없이 펼쳐지고 풍경은 더 좋아졌다. 약간 어둑어둑해졌는데 목적지에 도착했는지 아내에게 전화가 왔다. 집이 아닌 거 같다고 하기에, 답답해서 드라이브 나왔다고 얼버무렸다. 여자들의 직감은 무섭다.

진짜냐고 꼬치꼬치 따질 줄 알았던 아내는 의외로 운전 조심해서 들어가라고 하고 끊었다. 나는 북유럽에서 관습법같이 내려오는 '얀테의 법칙' 10가지 중 9번 법칙이 떠올랐다.

"아무도 당신을 신경 쓰지 않는다."

죽을 각오를 하고 그린 아내의 초상

[얀테의 법칙]

얀테의 법칙은 스칸디나비아반도 국가에 널리 퍼져있는 일종의 관습법이자 생활 규범과 같은 것으로 북유럽의 평등주의적 성격을 나타내며 겸손하게 살라는 메시지를 담고 있다. 명칭은 노르웨이 작가의 소설에서 유래되었다고 하는데, 10가지의 이 법칙을 읽다 보면 중년을 살아가는 우리에게도 훌륭한 지침이자 위안이 될 수 있겠다고 생각하게 한다.

1. 당신이 특별하다고 생각하지 마라.
2. 당신이 남들만큼 좋은 사람이라고 생각하지 마라.
3. 당신이 남들보다 똑똑하다고 생각하지 마라.

4. 당신이 남들보다 낫다고 생각하지 마라.
5. 당신이 남들보다 많이 안다고 생각하지 마라.
6. 당신이 남들보다 중요하다고 생각하지 마라.
7. 당신이 모든 일을 잘한다고 생각하지 마라.
8. 남들을 비웃지 마라.
9. 아무도 당신을 신경 쓰지 않는다.
10. 남들에게 무엇이든 가르칠 수 있으리라 생각하지 마라

실제로 스웨덴에서 살다 보면 사람들이나 사회 전반에 이 법칙이 깊이 깔려있다는 생각이 드는데, 쉽게 달구어졌다가 쉽게 식어버리는 우리와 달리 왜 그들이 평생에 걸쳐 평범하고 조용한 가운데 살아가면서도 세계행복지수에서 최상위 국가로 자리매김하는지 이유를 알 수 있다.

한편으론 얀테의 법칙에 중년 남자들을 대입시켜 보면, 특히 우리 한국 남자들이 얼마나 바보인지 알 수 있다. 위 10개 법칙을 한국어판으로 재해석해 보면,

1. 당신이 특별하다고 생각했지? - 웃기지 말라 거울부터

보고 얘기하자.

2. 당신이 남들만큼 좋은 사람이 아닌 건 알지? - 각박한 세상에 좋은 사람들도 주변에 없다.

3. 당신이 남들보다 똑똑하다고 생각하나? - 늘어가는 건망증에 책 덮으면 다 휘발되는 머리인데….

4. 당신이 남들보다 낫다고 생각하지는 않겠지. - 이제는 거의 다 정해진 것 같은 인생이니.

5. 당신이 남들보다 많이 안다고? - 입 열면 꼰대 소리 듣는다. 차라리 닫고 있는 게 낫다.

6. 당신이 남들보다 중요하다고 생각할 리 없겠지. - 사무실에서 지금 당하는 걸 보면….

7. 당신이 모든 일을 잘한다고 생각하지도 않겠지. - 출근할 때마다 '오늘도 무사히'라고 외친다.

8. 남들을 비웃어? - 뒤돌아서면 당신 비웃는 사람이 태반이다.

9. 아무도 당신을 신경 쓰지 않는다. - 오 이건 맞는 거 같다.

10. 남들에게 무엇이든 가르칠 수 있겠나? - 눈부터 침침해지는데… 무슨~

물론 각자 더 다른 버전이 있겠지만, 이 법칙은 우리 어깨를

누르고 있는 무언가의 형식으로부터 탈피하고 자신을 스스로 거추장스럽게 만드는 힘을 빼라는 의미처럼 들려온다. 중년 들어 많이 치는 골프도 어깨에 힘부터 빼는 데서 시작한다고 하지 않나. 물론 그러는데 3년 이상 걸린다고들 하지만.

지나면
이제야
보이는 것들
인간관계
요즘 들어 인간관계에 대한 얘기 중에 가장 공감이 가는 내용은
인간관계 곱하기!
내가 아무리 노력해도 안 되는 인간관계가 있다는 것이지.
'x0=0'이 되는 여러 가지 이유 중 하나가 나이를 먹어간다는 건데
이를 좀 더 일찍 깨달았으면 인간관계에 신경 쓰지 말 걸이라는 후회와
퇴직한 60살이 아닌 지금이라도 깨달아 다행이란 생각도 들어
Bye~
그래 40이 넘으면서 느낀 것은, 친구도 영원하지 않다는 것
그 많던 애들은 어디 갔을까~
또, 특별한 경우가 아닌 한 인간관계가 줄어든다는 건데.
안타깝다고 생각하기 전에, 그러는 당신은 어땠는지도 생각해 봐.
전에 40이 지나니 보이는 것 중 하나가 '순응'이라고 했잖아?
인간관계의 축소도 하나의 자연스러운 변화라고 순응해야 하는데.
이때 중요한 것은 '잊어버리고 지워버려야' 한다는 것이야.
순응!

'나만' 알고 '과거의' 지나간 친구들은 잊어야 하며

바로 '지금' 있는 사람들이 이후 함께 갈 사람들이라는 건데.

버리는 것에 있어 생각보다 중요한 것이 '과거와의 단절'이야.

40대는 아름다운 추억보다 나쁜 기억을 떠올리는 경우가 많은데

그건 내 마음만 좀먹을 뿐, 그 당사자들은 그런 줄도 모르고 살지.

그런 과거는 잊고, 지워야, 그래야 미래가 채워진다.

'남자가 은퇴할 때 후회하는 스물다섯 가지'라는 책을 보면

은퇴 후 물건 정리를 하며 버려야 할 것이 많다는 사실에 놀라고

엉뚱한 데 시간과 노력을 들이느라 정작 소중한 걸 놓쳐버렸다며

차라리 외로움과 좀 더 친하게 보낼 걸 그랬다는 내용이 있어.

천만 배우인 류승룡 씨가 '시간이 지나면 잊히기 마련'이라고 했지만

*시사IN 2019.1.29.일자

'배우는 작품으로 평가받으면 된다'는 말을 한 번쯤 되새겨 보자고.

마누라는 남 편인가 내 편인가?

아내와 연애할 때였다.

아내가 원두커피를 먹고 싶다고 하면,
"세상의 모든 원두를 모아다 원두 없이(원 없이) 먹여주고 싶어, 자기야"
초롱초롱한 내 눈망울을 보며 아내는 너무 행복한 표정을 했다.

10년이 지난 어느 날, 부산행 처가로 가는 기차 안.
기차 타고 가는데 아내가 원두커피를 먹고 싶다고 한다.

"뭐, 커피 차 오면…."

아내가 잠깐 잠들었는데 원두커피 차가 지나간다.

한 시간 뒤 아내가 화장실에 갔는데 또 원두커피 차가 지나갔다.

아내가 잠시 후 또 잠깐 눈을 붙였는데 다시 원두커피 차가 지나갔다.

아내가 깨서 원두커피 차 못 봤냐고 묻기에…

답해줬다.

"안 파나 봐."

그렇게 아내의 감각이 둔해졌다고 생각했다.

그러나 그것은 방심이었다.

마치 V자 곡선을 그리듯이 여자들의 직감은 더욱 강력해지는 것 같다.

계획 없이 떠난 여행에 지나다 들른 시골 호텔에서 1박을 하며, 삼겹살도 구워 먹고 숲속에서 하루를 보냈다.

가뿐히 잠을 자고 일어나 어제와 달리, 야 이젠 가보자! 하는 마음에 2일 차 길을 떠났다. 한참 도로로 진입해 달리는데…

역시 여자들의 감이란 무서운 것일까. 아내에게 전화가

왔다.

집이냐고 하면 뭐라고 하지… 하며 전화를 받았다.

아내가 나지막한 목소리로 묻는다.

"뭐해? 혹시 밖에 싸돌아다니는 거 아이가?"

쿵!(나의 마음이 떨어지는 소리)

"뭔 소리야, 그냥 집에 얌전히 있는데…"

"그래…? (정적) 이상한데… 그럼 지금 모습 사진 찍어서 퍼뜩 보내봐라."

엇! 이건 장기로 치면 '장군!' 아닌가.

아, 젠장…

"딴 가시나랑 있는 거 아이가? 내는 못 속인데이~"

"아이, 사진 찍어 보내라메… 찍는 시간도 있어야지. 참."

나는 사진을 보낼 수밖에 없었다.

(그리고 배우 이정재의 사진을 보냈다)

"푸핫! 내 없으니까 약 먹을 때 됐네~ 헛소리도 하루 안 들으니 그립네~ 언능 씻구 아침 먹으라~"

나는 '멍군!'을 속으로 부르며 위기를 모면했다. 그리고 아내에게 다른 얀테의 법칙들을 말하고 싶었다.

'3. 당신이 남들보다 똑똑하다고 생각하지 마라.'

전화를 끊고 생각해보니 사랑의 반대말은 무관심이라는데, 그래도 이렇게 계속 확인하려는 걸 보면 아내는 아직도 나에게 관심이 있는 게 아닐까 하는 기분 좋은 상상을 하기도 한다. 하긴, 아내는 나에게 네 잎 클로버와 같이 '기분 좋은 행운' 같은 사람이다.

언젠가 아내와 주말에 걷다가 공원을 지나게 되었다. 풀밭 사이로 클로버가 많이 보였다.

아내가 "난 네 잎 클로버를 본 적이 없어. 남들은 많이두 봤다는데… 자기는 본 적 있어?"

나는 잠시 있다가,

"나."

"뭐?"

"내가 너한테 네 잎 클로버지, 이거보다 더 큰 행운이 너한테 어딨어. 안 그래?"

미친 거 아니냐는 듯이 쳐다보던 아내의 눈초리를 잊을 수 없다.

주말에 오래간만에 많은 사람과 카카오톡으로 통화를 했다. 선배, 후배, 친구… 점점 누군가가 나를 찾아준다는 사실에 감사해야 할 나이다. 요즘 잠들기 전 우두커니 생각해 보면, 세월이 참 빨리 간다는 것. 그리고 많은 사람이 잊혀갔다는 것. 나와 같은 하늘 아래 살던 사람 중 몇몇이 떠나가 버린 세상에서 그들은 어떻게 되었을까… 하는 상념에 잠이 못 들 때도 있다. 나이가 드나 보다. 그러기에 제대로 잠 못 들고 일어나기 힘든 날들이 늘어간다.

이제는 앞으로의 인생에서 같이 살아갈 사람들을 챙겨야 할 시기라고 한다. 누가 나와 같이 살아갈까 생각해 보면 그리 많은 사람이 남아있지 않은 것 같다. 직장에서 은퇴

하고 떠나면 많은 사람이 지워질 것이다. 마치 경찰을 떠나 외교부로 전직할 때 그랬던 것처럼. 그래서 지금 인연을 소중하게 생각해야 한다는 상투적인 말보다는, 필요 없는 '필요 때문에 맺어진 이들'을 정리해야 하고 그러한 인연에 굳이 신경 쓰고 겉으로라도 친하게 지내는 데 시간을 낭비하고 싶지 않다는 생각이 든다. 싫은 것은 싫은 것, 그래서 억지로 친하게 친절하게 대하고 싶지 않다.

그런데 문제는 그러다 보니 이제부터 인간관계란 지키는 것보다 잃는 것이 많을 것 같다는 생각이 든다. 그렇다고 일부러 인맥을 만든다고 만들어질 것도 아니지만, 이젠 노를 힘차게 저어도 그 자리에 멈춰있는 게 다행인 나이가 돼가고. 그래서 나이 든 많은 이들이 믿음을 주는 만큼 품어주는 자연으로 돌아가 자연인이 된다든지, 무한한 애정을 표시하는 동물을 키운다든지, 아니면 혼자의 삶에 익숙해지는 것 같다. 아니면 종교에 귀의해 억지로라도 사람이 많은 곳에 속하려고 하든지.

외교관의 인생은 더한 것 같다. 늘 2~3년마다 정기적으로 옮겨야 하고, '외교관적 수사'라는 말을 들을 정도로 내면을 드러내기 어려운 환경, 엄숙함과 진지함 속에 묻어 있는 차가움, 외교관 '외'자의 외롭다는 말처럼 외로움에 익숙해지는 일이 현실이 되고, 국내 지인과 친척들과는 멀어져 간다. 어찌 보면 늘 외롭고 1년의 반이 넘게 어두운 밤하늘이 뒤덮는 스톡홀름의 하늘은, 외교관이라는 직업으로 살아가는 인생의 축소판 같다.

반면 늘 부러운 사람이 가장 가까이 있다. 바로 아내다. 외교관 부인이라고 다 그런 것만은 아니다. 어찌 보면 외교부에서 제일 힘겨운 존재 중 하나가 외교관의 부인이다. 남편의 임지를 따라 이곳저곳 다니면서, 남편과 자식을 챙기느라 자신의 아픔은 내색도 못 하는 것이 외교관의 아내들이다. 물론 즐겁고 행복한 케이스도 있겠지만, 내가 보기엔 안타까운 경우가 더 많다. 외교관들이 외국이라는 망망대해에서 일하고 쉴 수 있도록 24시간 지원해주는 항공모함처럼, 그들의 존재는 크기만 하지만 정작 가족들 사이에서 늘 희생을 감수하는 이들이 바로 아내들이다. 애가 아프면 밤을 새우면서 한국처럼 제때 병원에 못 가는 일을 한탄하며 좌불안석하다가도, 정작 자신이 아프면 그냥 이불에 들어가 누워서 잘 뿐이다. 남편은

지나면

이제야

보이는 것들

여자들처럼

중국에서 근무를 마치면서 이삿날이었어. 아침부터 누가 왔는데,

아내의 교회 지인들이 김밥을 싸들고 왔더라고. 이사하며 챙겨 먹으라고

1시간 뒤에, 아들 학교 친구 엄마들이 왔고

잠시 후, 남편을 출근시킨 직장 동료 아내들이 찾아왔지.

마지막으로는 아파트 친한 아줌마들까지…. 나는 어쨌냐고?

물론, 사무실에서 장대하게 환송식을 치러주었지.

하지만, 정말 눈물 짓고 아쉬움을 표하는 이는…. 없지.

아내가 이삿날 당신은 뭐냐고 하기에 애써 담담한 척했지만,

사실 좀 부럽긴 했어. 다른 재외공관을 떠날 때도 비슷했고,

떠나고 나서도 비슷했거든. 앞으로도 그럴지 몰라.

왜 그럴까 아마 보내는 시간의 환경에서 차이가 있는 것 같아.

남자들은 '일'로 만나 '일'로 시간을 보내잖아.
그러니 '일'이 끝나니 아무 '일'도 없게 되는 게 당연하지.
여자라도 '일'로 만난 인간관계라면 마찬가지일 거야.
하지만, 내 아내의 경우 '일'로 만나지 않은 인간관계라
더 솔직하고 '인간'으로 만나게 되다 보니 남편의 '일'이 끝나도
'인간'으로 계속 이어질 수도 있는 것이야.
물론, 남자와 여자라는 본질적인 차이라 쉽게 바뀔 수는 없지만
한 번쯤은 참고할 필요는 있는 것 같아. '인간'적 만남을 위해,
남탕
좀 더 허술할 필요도 있고, 일보다 다른 이야기를 해보고,
여자들처럼 재밌게 사는 방법을 앞으로는 좀 더 생각해 보자고.
미쳐도 좋아
미치겠네!
쑥스러워서 힘들 것 같다고? 뭔 소리야, 하늘도 도와주는데….
옛다!
나 하느님
여성 호르몬
40 후반부터 호르몬도 바뀌어. C'est la vie! 그것이 인생!
호르몬 level-up!
TV 드라마

사무실에서 못다 한 일을 거실에서 계속하고 아들은 스마트폰을 보다가 잠이 든다. 그런 사이, 아내는 이불 속에서 끙끙 앓다 잠이 든다. 그러고는 여지없이 다음 날 아침 6시에 일어나 아침을 준비한다. 아무 일도 없었다는 듯이. 이것이 외교관 아내들의 일상에 대한 단편이다.

그런데, 아내는 신기할 정도로 어딜 가든 사람 사귀고 관리하는 기술이 느는 것 같다. 그녀는 어딜 가든 자매 같은 언니, 동생들을 두세 명씩 꼭 만들고, 그 관계를 지금까지도 이어 나간다. 나는 임지를 떠날 때 사실 별 감흥이 없고 그럴 사람들도 별로 없는 것 같은데, 아내가 떠나는 날 그녀가 알고 지내던 사람들은 마지막까지 열성을 다해 챙겨주고 눈물을 쏟는다. 떠나면 이내 잊히는 나와 달리, 아내는 늘 그들에게 기억되고 언제라도 다시 그 자리로 돌아가면 자신들의 집 한쪽을 내줄 만큼 끈끈한 인간관계를 맺는다. 어찌 보면 아내는 허술한 점도 많고 치밀하지 않은 부분이 많은데, 먼 훗날 인간관계를 정리한다면 나보다는 훨씬 행복할 것 같다.

그런데, 허술하고 치밀하지 않은 점이 오히려 아내의 매력이 아닐까. 나는 너무 계산하고 차가웠던 것이 아닐까. 말은 유머가 풍부하다고 하지만, 어느 순간 누군가가 다가서기 어려운 사람이 된 것이 아닐까 하는 생각이 든다. 나는 주로 일로서 사람들을 만나고, 일로 사람들과 얘기하고, 일로 평가받으려고 했기에, 거기에서 그 일이 끝나면 잊히는 것은 당연한 것이 아니었을까. 일이 기준이 아니었기에, 아내가 더 생명력이 길고 인간미 있고 서로 보고 싶은 사람들을 이어가고 있는 건 아닐까.

돌이켜 생각도 해보았다. 나는 어떤 상사, 선배, 후배, 친구가 기억에 남았었나. 답이 저절로 나왔다. 차이는 거기서 시작되고 있었다. 그런데 더 소름이 끼치는 것은, 그렇게 떠나가면서 평생 내 곁에 있을 것이라는 착각 아닌 착각 속에, 나는 가족에게조차도 그렇게 인간미를 잃어가는 게 아닐까…. 아무리 세상의 성공이 따른다고 해도, 그것은 상대 전투기를 몇 대 격추한 비행기가 막상 망망대해에 돌아갈 항공모함이 없는 모습과 같을 것이다. 그런 의미에서 아내는 항공모함 같은 거대하고 든든한 내 편이다.

다만, 비행기가 항공모함 위에만 계속 있지 않듯이, 나는 지금 잠시 비행을 할 뿐이지. 흠.

걸어서 북극권까지

한적한 시골 마을 도로를 달리다 보니 한가로운 목가적인 풍경이 지나쳐갔고, 옘틀란드주(Jämtland län)의 주도 외스테르순드(Östersund)에서 점심을 먹고 아무 데나 호수로 내려가는 길이 있으면 들르기로 했다.

스웨덴 중부의 가장 큰 호수인 Storsjön(big lake라는 뜻)을 따라가다가 무작정 호수로 향하는 비포장도로로 들어갔는데, 시골이라서 그런지 집도 별로 없고 사람도 없었다. 다행히 트랙터에서 일하는 사람이 있어 잠깐 여기 주차하고 호수 좀 구경하고 가도 되냐고 하니, 자기 집 입구라

괜찮다고 한다.

나중에 보니 이곳은 Hackås라는 아주 작은 마을로, 숨겨진 보석 같은 마을이었다.

호수로 내려가는 입구에는 넓은 목초지에 말들이 풀을 뜯고 있었는데 오라고 손짓하니 잘도 온다.

말들과 이것저것 얘기하며 즐겁게 보내고, 좀 더 호수 쪽으로 내려가 보았다. 명불허전이라고 했던가, 'big lake'라는 이름이 왜 지어졌는지, 그리고 왜 호수를 스웨덴 사람들이 사랑하는지… 넓디넓은 물이 찰랑거리고 있었다. 네이버에 검색해도 안 나오는 Hackås 마을에서 텐트 치고 잘 수만 있다면… 하는 꿈도 꿔봤지만, 그건 접었다.

차는 달려 베스테르보텐주(Västerbottens län)에 들어섰다. 표지판을 보니 '라플란드(Lappland)'라고 한다. 우리나라도 전라도를 호남지방, 경상도를 영남지방이라고 하듯이, 예전에 순록을 키우고 살던 Lapp족(스웨덴에서는 Sami족이라고 부름)의 땅이라는 데서 유래했다는 라플란드는 스웨덴 이외 핀란드, 러시아까지 걸쳐있는 지역이다.

초등학교 때 많이 본 책 중의 하나가 지도책인 '사회과 부도'였다. 책을 보다 보면 내가 세계여행을 한다는 착각도 하고, 너덜너덜해질 때까지 보다 보니 웬만한 지명은 다 알게 됐는데 라플란드도 그중 하나였다. 그래도 들어본 지명이 나왔다는 생각에 차에서 내려 한 번 둘러보고 사진도 찍고 나무도 만져보고 돌들도 주워보았다. 확실히 북쪽이라 나무나 땅이 달랐다. 라플란드라고 하면 한국에선 핀란드의 산타 마을로 유명한 Rovaniemi를 생각하겠지만, 엄연히 스웨덴 북부도 포함된다. 또 '겨울왕국'으로 칭할 정도로 북극권에 가까운 지역이다.

잠깐 시외에나 나가볼까 하고 떠난 여행이 벌써 4번째 주(행정구역)를 들어서며 북극권(북위 66.5도 이상)에 근접하고 있다. 여행은 인생과 같다고 하더니, 11년 7개월을 경찰로 살다가 전직했던 나도, 지금 외교부에서 그만큼을 넘어 십몇 년째 근무하는 것처럼. 천직으로 경찰에 있었어도 보람찬 인생이었겠지만, 이렇게 다른 세상에서도 행복하게 살고 있듯이, 오늘을 지나 내일 마주치게 될 미지의 스웨덴 북쪽 하늘을 향해 달려가는 기분이 너무 설레기만 하다.

달리는 도로에서 바라본 풍경은, 어린 시절 글자로밖에 볼 수 없었던 꿈들이 내 눈으로 와 부딪치는 것 같았다. 그러기에 오늘 Hackås에서 그리고 라플란드에서 나무와 돌과 물들을 천천히 직접 만져보았던 느낌은 잊을 수가 없을 것 같았다.

계획 없이 떠난 오늘, Storsjön의 푸른 물과 라플란드의 숲을 만난 것처럼, 내일은 그리고 앞으로의 내 인생은 무엇을 또 얻을 수 있을까. 당장 오늘 저녁도 기다려지면서 나는 더 북쪽으로 향했다.

[경찰관에서 외교관으로 이직, 그리고 16년 후]

사실 생각해보니 나는 이미 더 큰 모험을 한 적이 있다. 30대 후반에 이직해서 40을 맞았다는 것이다. 물론 이때가 이직할 수 있는 마지막 기회라고 생각하는 사람들이 많다. 최근에 이직이나 퇴사에 관한 얘기가 유행처럼 나오지만, 당시 대부분 이직한 사람들의 이야기들은 회사에 들어간 지 몇 년 되지 않은 20대 후반이거나 프리랜서로 활동이 가능한 영역의 사람들 이야기라, 공무원에서 공무원으로 이직하려는 나에겐 그다지 현실적인 느낌이 오지 않는 경우가 많았었다.

지금은 경찰 생활보다 훨씬 긴 16년 차의 외교관으로 살고 있지만, 아직도 '경찰 출신'이라는 말이 꼬리표처럼 따라다닌다. 외교부에 처음 들어왔을 때는 30대 후반의 늦은 나이에 이직한 이유를 물어보는 사람들이 너무 많아서 같이 이직한 사람들끼리 '아예 모범 답안을 만들어서 갖고 다녀야겠다'라는 말도 했었는데, 이제는 그런 질문들도 많이 줄어들었다.

30대 후반에서 40대 후반은 회사 생활에 지쳐갈 때고 상사들의 모습에 투영된 자신의 미래에 이직을 고민하는 사람들이 많지만, 정작 나이도 나이고 딸린 식구나 여러 가지 제한 때문에 쉽지 않은 경우가 태반이다. 나도 만으로 서른넷에 이직했지만, 나와 함께 경찰에서 외교부로 입부한 사람들 중 가장 나이가 많은 축에 들었었다. 나도 누군가에게 표현하듯 당시 나의 심정은 "어느 영화에서 만주 벌판을 가로지르는 열차 위에 올라탄 독립군이 반대편으로 달리는 열차로 뛰어넘어가는 것" 같았다.

이직 당시 근무했던 경찰청 외사국은 나름 괜찮은 보직이었고, 결혼한 지 1년 남짓한 신혼이었기에 꼭 이직해야 한다는 절박한 심정이 있었던 것은 아니었다. 다만, 직장 생활 10년이 넘어 객관적인 평가를 받고 싶다는 생각에

서류 전형을 넣었고 다행히 통과되었는데, 어학검정을 치른 후 2차 면접이 1년에 한 번 주어지는 해외 테러 전문 연수 과정과 겹쳐 정말 선택의 갈림길에 서게 되었다.

내가 지금 무직인 상황도 아니고 그냥 있어도 경찰 생활도 어느 정도 잘 지낼 수 있을 것 같다는 생각에 갈등이 많아 마지막 날까지 고민했다. 사실 마지막 결정을 그렇게 심사숙고한 건 아니었다. 여기 있어도 공무원, 저기 있어도 공무원이라면 한 번 사는 인생을 다르게 살아보고 싶다는 생각에 지원했고, 그렇게 전직했다. 아마 아직은 30대의 치기였을지도 모른다. 당시 경찰관 출신이 외교부로 입부한 사람들은 한참 앞 기수의 대학 선배 1명뿐이었기에 아는 것도 제대로 없이 넘어간 거였고, 40대에 그런 기회가 주어졌다면 과연 같은 선택을 했을지는 모를 일이다.

외교부 이직 당시 신문 기사 - 알 수 없는 미래로 불안했던 시절이었다.

뉴스 • 관련도순 • 최신순

한국경제 2007.10.23. 네이버뉴스

외사과 경찰보단 외교관이 낫다?

경찰이 높은 합격률을 보여 화제다. 이들은 **경찰**의 외사 부서에서 국제 범죄를 다루다 아예 **외교관이** 됐다... **경찰 외사과**는 외교부에 중견 인력을 대거 빼앗기자 ...

중고 신인인 내가 완전히 바뀌는 과정에 어려움이 없다거나 후회한 적이 없었다고 말한다면 누구도 믿지 않을 것이다. 어떠한 글로 써도 모자랄 정도로 처절하고 비참하게 고꾸라졌고 힘들었다. 그러기에 나의 30대 후반과 40대가 힘들었는지도 모르겠다. 사회는 더 이상 중고 신인을 봐주지 않기에. 그럴 때마다 그래도 살아남아야겠다는 생각과 가끔 나타나는 고마운 사람들의 도움이 있었기에 겨우겨우 버텨온 것 같다.

물론 40을 넘어서면 이직이 쉽지 않을 뿐만 아니라 이직이 아니라 퇴직인 경우도 많다. 나 또한 이제 와 돌이켜보면 만족스러운 부분이 없지 않지만, 또 한 번 이직한다는 것은 상상도 할 수 없는 일이다. 주변에서 이직으로 힘들어하는 이들도 많이 보았기에, 이직이나 퇴직을 마치 당연히 해야 하는 것처럼 미화하는 이야기에 현혹되는 일은 절대 없으면 좋겠다.

다만, 16년이 지난 지금은 어떤지에 대해 조심스럽게 언급할 수는 있을 것 같다. 그 당시 비슷하게 승진했던 대학 동기들은 경찰서장이나 그를 넘어서는 이들도 생겼다. 내가 그 자리에 있었다고 해서 비슷하게 된다는 보장은 없겠지만, 어렴풋이 예상했던 현재를 맞게 되었는데 그들이 부럽지 않다. 나는 지금의 내 상황에 만족하고 앞으로도 그럴 것 같은 생각이 든다. 스톡홀름에서 소파에 앉아 여유롭게 맥주를 마시고 있을 수도 있겠지만, 차를 끌고 나와 푸른 숲을 달리며 경험해보지 못한 희열과 감동을 한 것처럼, 지금까지 그랬고 앞으로도 그럴 것 같아서.

이직에 있어 신중하고 조심해야 할 건 많지만 중요한 원칙은 있다. 대학 졸업 직후 제주도에서 군 생활을 한 것처럼, "내가 원하는 대로 해봤더니, 정말 좋더라"라는 것이다. 이직을 고민하던 30대 후반이나 이직하고 나서의 삶이 고민의 연속이겠지만, 결국 결정은 내가 하고 책임도 내가 지는 것이다. 나는 수십 년에 걸쳐 입증한 이 명제를 항상 가슴에 품고 이직뿐만 아니라 앞으로의 삶에서 판단의 척도로 살아갈 것이다.

월터의 상상만 현실이 되냐

초등학교 시절인 80년대는 외국 팝이 가요를 압도하던 시절이었고, 주옥같은 노래들이 많이 나왔다. 85년 개봉된 '백야(White nights)'의 주제가인 Say you, Say me는 빌보드 차트를 석권할 만큼 선풍적인 인기를 끌었고, 초등학생인 나도 흥얼흥얼 따라 부르던 몇 안 되는 곡 중의 하나였다. 그런데, 그때는 하얀 밤, 백야가 정말 있을 수 있나 하던 시절이었다.

그리고… 35년이 지나 나는 백야의 나라에 왔다.

백야는 밤이 돼도 해가 지지 않는 북극권 국가에서 볼 수 있는 현상이다. 전에 사무실 동료에게 나도 언젠가 백야를 보고 싶다고 했더니, 그분이 "스톡홀름에서도 여름에는 밤 10시가 넘어야 어둑해지고 대낮같이 환한데, 뭐하러 굳이 북쪽까지 올라가서 봅니까"라고 말하던 것이 기억난다.

하긴 그렇다.

여름 한창일 때는 밤 10시부터 새벽 3시까지나 어둑한 북구의 나라에서 백야는 그다지 신기한 현상이 아닐 수도 있다. 여름에 매일 겪는 현상인 - 그것도 잠도 못 자게 비교감 신경을 건드려 암막 커튼을 쳐야 잠을 잘 수 있게 하는 짜증 나는 - 밤을 몇 시간 줄인 것에 불과할 수도 있을 것이다.

오후에 라플란드를 넘어선 나는 저녁 7시가 넘어서야 숙소를 찾아 들어갔다. 비도 추적추적 오고 점심을 허기지게 먹어 체크인하자마자 동네 슈퍼에 가서 물을 사다가 방 안에서 라면을 먹고 나니 몸이 풀어지는 것 같았다. 차에

짐을 가지러 다시 나왔을 때가 9시가 좀 넘어서였는데 내리던 비도 좀 멎었다. 짐을 들고 낮에 좀 지쳤으니 빨리 씻고 자야지 하며 들어가다 로비에 있는 지역 관광 안내 책자를 집어 들었다. 나는 여행을 할 때마다 꼭 집어 오는 것이 있는데 그 동네 관광안내서와 들판에 있는 돌이다.

관광안내서는 수집하듯 가져오는데, 오늘 머문 곳인 Storuman은 5천여 명 남짓 사는 베스테르보텐주 내에서 아주 작은 마을이다. 이 동네의 면적은 8,234㎢로 서울(605㎢)의 거의 14배나 되며 전국 290개 자치단체 중 9번째로 크지만, 인구밀도는 1㎢당 1명이 안 되는 정말 사람이 드문 마을이다. 위키피디아에 검색해도 별 내용이 없다. Storuman의 관광안내서에서 눈길을 끌었던 것은, 석양을 배경으로 그럴싸한 호수에 섬 들이 무슨 퐁당퐁당하듯이 널려있으며 그 섬들이 식물 줄기 같은 길로 연결된 사진이었다.

"이야~ 이거 그럴듯하지 않아? 내일 아침에 좀 일찍 일어나서 여기 가보고 뜨자구."

"구글에서 보니까 차로 5분도 안 걸릴 거 같은데요. 아직 해도 지지 않았는데 지금 한 바퀴 휙 둘러보고 오는 게 어떨까요. 배도 부른데."

"그래? 그럴까? 하긴 오늘 일정도 다했는데 내일 아침에 수선 떠느니 그게 낫겠네."

워낙 작은 동네라 숙소에서 호수까지 가는 데는 3분도 채 걸리지 않았다. 22시를 넘으니 좀 어둑어둑해지는 것도 같고, 섬 입구에는 동네 사람들인 듯한 젊은이들이 술 파티를 벌이고 있었다. 조금 위험하게 느껴져 입구에서 사진만 찍어 보았는데, 아직도 환한 하늘이 신기하긴 하다.

문득 이런 생각이 들었다.

'입구가 이런데, 이 퐁당퐁당 섬의 끝까지 따라간다면, 태양을 직접 볼 수도 있을까….'

그래서 따라 들어갔다.

물론 가는 길은 인기척이 거의 없는 곳이기에 위험하다는 생각도 들었는데(남자 둘이 갔으니 용기가 났지, 혼자였으면 못 갔을 듯 -_-;), 점점 깊숙이 따라 들어가는데도 해는 지평선 아래로 안 떨어지고 있었다.

결국 섬의 끝에 도달하니 길은 막혀있다. 하지만 더 갈 필요는 없었다. 거기서 나는 백야의 정점을 보았고, 그것은 스웨덴에서 나의 인생샷이 되었다.

돌아오는 길에 바라본 풍경은 님프들이 튀어나와 인사

섬의 끝에서 지평선에 걸친 태양. 수풀이 도로를 막았지만, 그것으로 충분했다. 22:54경.

할 것같이 신비했다. 게다가, 하늘은 쌍무지개까지 만들어 주었다. 초등학교 때 배운, 날이 개고 해가 지평선에 닿을 만큼 내려갔으니 무지개가 생기는 원리까지는 알겠는데, 쌍으로 이렇게 보여주다니(이놈의 인기는… 고마워).

섬을 돌아 나오며, 자정을 기해 사진을 찍고 백야 기행을 마무리 지었다. 물론, 가장 많이 생각난 건 아내와 아들이었다. (진짜다. -_-+) 같이 와서 봤으면 참 좋았을 텐데. 물론 이럴 줄 알고 온 것은 아니지만. 쏟아지는 기상 쇼를 보는 동안 오늘따라 전화도 안 하는 아내가 더욱 고마웠다(아까는 보고 싶다더니… ^0^). 감사함과 미안함, 그리고 뿌듯함을 안고 숙소로 다시 돌아왔다.

새벽 1시가 다 돼서 침대에 누워 Say you, Say me를 들으며 잠을 청했다. 35년 전, 나는 오늘이 있을 것이라고 상상할 수 있었을까. 입꼬리가 올라갔다.

영화 '백야(White nights)'는, 백야가 시작되는 계절에 항공기 불시착으로 망명에 실패한 구소련의 발레리노와 반전주의자로 소련에서 살아가는 미국 출신의 흑인 탭댄서가 다시 자유세계를 향해 탈출하는 과정에서 좌충우돌 하나 결국 백야가 끝나는 계절에 같이 탈출하며 우정을 확인한다는 내용이다(이해가 안 간다고? 그럼 봐).

배경이 되는 백야는 모두가 잠들어 있지만 세상은 잠들지 않는 극한의 대조를 상징하며, 한편 모두가 잠들어 있는데 나는 잠들지 않는 극한의 외로움을 표현해 준다. 함께하고 이해해 줄 그 누군가를 그리는 주제가 'Say you, say me'의 가사는 이러한 상황을 잘 노래하고 있다.

As we go down life's lonesome highway
우리가 삶의 고독한 고속도로를 걸어갈 때
Seems the hardest thing to do is to find a friend or two
가장 어려운 것은 친구 한두 명을 찾는 것 같아.
A helping hand, someone who understands
도움을 줄 수 있는, 이해해줄 수 있는 누군가 (같은 친구)
That when you feel you've lost your way
네가 길을 잃었다고 느꼈을 때
You've got someone there to say

거기서 이렇게 말할 사람을 찾을 거야
I'll show you
내가 너한테 보여줄게

Say you, say me
'너'라고 말하고, '나'라고 말해
Say it for always, that's the way it should be
영원히 그걸 말해, 원래 그러는 거야
Say you, say me
너라고 말해, 나라고 말해
Say it together, naturally
그걸 같이 말하자, 자연스럽게….

어린 시절 친구와 달리, 점점 터놓고 너, 나라고 얘기할 수 있는 사람은커녕 이익을 좇아 사라져 가는 인간들에게 실망하고 인간관계를 정리해야 하는 나이에 들어서는 나와 같은 중년 남자에게, 어찌 보면 'Say you, say me'는 현실에 존재하지 않는 상황을 노래하는 것 같기도 하다.

하지만, 35년 전 현실에 존재하지 않는다고 생각한 상상이 오늘 내 눈앞에 펼쳐진 것처럼, 나에게도 그런 친구가 생길 수도 있지 않을까. 스톡홀름에서 보던 미완의 백야가 이 작은 시골 마을에서 완전 다른 세상을 보여주었듯이.

내일이 기다려지는 백야 속에서, 나는 잠을 청했다.

10년마다 보이는 별자리

어느덧 스톡홀름을 떠난 지 며칠이 됐고 북위 65도를 넘어섰다.

북극권(북위 66도 33 이상)이 가까워졌다.

생각해보니 애초 Inlandsbanan 때문에 왔는데, 정작 그를 보진 못했다. 생각해보면 당연하지. 차를 끌고 철길 따라가는 건 아니니까. 하지만 간판이라도 봤으면 좋겠는데… 하는 순간, 우연히 도로와 겹치는 Inlandsbanan 건널목과 마주치게 됐다. 이 야호, 바로 이거야. 내려서 철길 위를 돌아다녔다.

다시 Inlandsbanan 박물관이 있는 Sorsele로 향했다. 박물관은 생각보다 아담했다. 어딜 가나 박물관에 가는 걸 참 좋아하는데, 이 박물관은 Inlandsbanan의 명성에 비하면 정말 소박했다. 나름 얼마나 고생해서 이 산간 철도를 만들었는지 보여주는 내용들이었는데, 겉치레보다는 내실을 중요시하는 스웨덴인의 정서가 담긴 곳이었다. 박물관을 떠나며 고민했다. 더 올라가서 책에 나온 Inlandsbanan의 끝인 Gällivare까지 갈까?

한참을 고민한 끝에, 진행 방향을 오른쪽으로 틀었다.

아, 아직도 대담한 결정은 못 내리는 것 같다. 굳이 변명하자면, 작년에 출장으로 더 위쪽에 있는 Kiruna에 갔었기에 북극권에 진입한다는 것이 큰 의미가 없을 것 같았다. 끝없이 펼쳐지는 숲도 좀 지겹기도 하고 말이다. 오히려 언젠가 들었던 것 같던 도시인 Boden이라든지, 스웨덴의 15개 유네스코 세계문화유산 중 하나인 Gammelstad가 있는 Luleå에 더 가고 싶었다.

그래서 들른 Boden은 러시아에 맞서 세운 방어 요새로 유명한 군사도시였는데 예상했던 것과 달리 별 감흥은 없었고, 룰레오는 Gammelstad가 볼만하긴 했으나 우와~할 정도는 아니었다. 그냥 스웨덴의 시골 마을에서 종종 보는 성당 정도? 물론 안내센터에서 사 온 소개 책자를 보니 나름대로 의미가 있는 유적이었지만 인터넷에서 확인한 그 정도 이상은 아니었다. 허겁지겁 우메오(Umeå)로 내려갔다.

우메오에 도착하니 이미 저녁이었다. 룰레오와 우메오도 북부의 노르보텐주와 베스테르보텐주의 주도(state capital)인 만큼, 큰 도시다 보니 어제까지 본 자연을 둘러싼 그런 감동은 없었다. 다만, 11시가 넘어도 해가 지지 않아 붉게 물든 북부의 밤만 좀 달랐을 뿐.

호텔에 여장을 풀고 왠지 오늘은 그동안의 여정에 비해 별다른 감동이 없는 것 같아 아쉬운 마음에 밖을 나와 보았다. 12시가 넘어가니 좀 전의 붉은 하늘은 없어지고 밤하늘에 별들이 소복이 쌓여 있었다. 그래, 어렸을 때 세계대백과사전의 '우주의 신비'에 있는 별자리를 찾는다고 옥상에도 많이 올라가고 5학년 때인가 76년 만에 온다는 핼리혜성 보겠다고 새벽에 지붕까지 올라가서 야단법석도 부렸지. 결국 신문에 남반구에서나 관측이 가능하다는 뉴스를 보고 크게 낙담했던 30년도 더 된 이야기다.

모두가 잠든 자정이 넘은 호텔 앞 벤치에 앉아보니 별자리에 대한 아련한 추억이 계속 이어졌다. 별자리, 그리스 신화, 그걸 믿었던 어린 그리고 순수했던 기억이지.

그리스 신화 주인공들의 결말은, '…그래서 제우스가 불쌍해서 하늘의 별자리로 만들어주었다'로 끝나는 경우가 많은데, 별자리 이름의 대부분은 그리스 신화에서 온 것이다. 계절을 대표하는 별자리로는 봄에는 사자자리, 여름에는 백조자리, 가을에는 페가수스자리, 겨울에는 오리온자리와 같은 것들이 있고, 대부분 오리온자리의 삼태성처럼 밝은 별들이 많아 찾기도 쉽다.

계절별 대표 별자리 중 잘 보이지 않는 것이 있으니, 바로 페가수스자리다. 다른 것들과 달리 1등성이 없고 2~3등성의 어두운 별로 구성이 되어 그렇다.

페가수스는 그리스 신화의 영웅 페르세우스가 메두사를 죽였을 때, 메두사가 괴물로 변하기 전 아름다운 처녀였던 그녀를 좋아했던 바다의 신 포세이돈이 그 죽음을 안타깝게 여겨 죽은 메두사의 머리에서 나온 피로 만든 천마(天馬)이다. 페가수스는 지혜의 여신 아테나의 도움으로 벨레로폰이라는 청년이 차지하게 되는데, 그는 페가수스와 함께 여러 가지 모험을 통해 성공하고 한 나라의 공주와 결혼하여 승승장구 끝에 왕의 후계자까지 된다.

이후 자만심에 빠진 벨레로폰은 자신을 신이라 생각해 신들의 세계로 가고자 페가수스를 타고 하늘로 날아올랐다. 이에 분노한 제우스가 페가수스를 놀라게 하여 벨레로폰을 땅으로 떨어뜨리게 한다. 페가수스 별자리는 놀란 페가수스가 은하수 속으로 뛰어드는 모습인데, 내 생각엔 벨레로폰 같은 인간이 다시는 차지하지 못하도록 이 별자리를 어둡게 만들어 놓은 것 같다.

어렸을 적 이 별자리를 찾으려고 무척 노력했는데 밤하늘이 탁한 서울에서는 찾기 어려워 결국 포기했었다. 그건 안 보이는, 그래서 나에게는 없다고 생각했던 별자리였다.

이후 십여 년이 흘러 대학 시절, 그때 짝사랑도 아니고 외사랑이라는 - 서로 아는 사이인데 상대는 내가 자신을 사랑한다는 사실을 모르는 사랑 - 중병을 앓다 보니 밤이면 혼자서 우두커니 담배를 피울 때가 많았다. 어느 가을 밤, 나는 기숙사 옥상에서 담배를 피우면서 멍하니 하늘을 바라보다가 바로 그 페가수스를 보았다. 우리 대학은 시골 산자락에 있어 별은 잘 보였지만 그렇다고 굳이 페가수스를 찾겠다고 생각한 것은 아니었는데, 그렇게 그날 우연히 나의 눈에 들어왔다.

그게 있었네. 있었어…. 하면서 말을 더듬던 그 밤하늘을 잊을 수가 없다.

지금 생각하면 피식 웃지만, 그때 스물서너 살에는 젊은 날의 사랑으로 고민이 많던 시절이었다. 한 번도 못 봤던 페가수스자리를 찾았다는 것은 10년을 넘게 기다려온 질문에 대한 해답이었지만, 역설적으로 이제 나에게 더 찾을 별자리가 없어져 버렸다는 공허감을 남겨주었다. 이상한 기분이었다.

대학 3학년 때니 이제는 오래전 기억이다. 그때는 좀 순수하기라도 했었네. 별자리 한 번 봤다고 소설까지 썼으니. 나도 모르게 순간적으로 푸악 웃음이 나왔다.

늦은 밤, 이렇게 혼자 앉아있다 보니 여러 가지 일이 생각났다.

나이를 먹을수록 왜 이렇게 틈만 나면 잡생각이 많이 나고 잠까지 안 오게 하는지.

짧게는 스웨덴에 와서 쏟아지는 일로 정신 못 차리면서도 현지 정착도 힘들어 아내와 아들에게 너무 미안했고, 그래서 정신을 잃을 정도로 술을 마셨던 기억들. 멀리는 지뢰밭 같기만 했던 이십여 년 직장생활의 기억. 그리고 앞으로 살아갈 날들. 어떻게 살아가야 할까. 중년이 되어도 아직도 키 높은 수풀을 헤쳐가는 것 같은 느낌들…. 커피를 사발로 마셔도 잠만 잘 자던 내가 불면증으로 날을 세우던 스톡홀름의 하얀 밤들이 차례로 지나갔다.

다시 하늘을 올려다보았다. 기억에서는 사라졌었는데 저 별자리는 그대로 있었네? 지난번엔 10년 주기더니, 이제는

경찰대학 교지 '청람(1995)'에 기고했던 나의 소설 '파스텔'의 페가수스에 대한 부분

'이히힝!'대고 있었다. 사람들이 모두 자고 있을 때, 우리는 경제 · 정치 · 사회 · 교육 등에 관한 얘기를 나누며 종합 버라이어티 쇼를 벌이고 있었다.

'아함———.' 졸린가 보다. 하품을 연실 해 댄다.

"졸립나?"

"아니. 너무 나불거려서 입에 쥐가 났나봐."

하긴, 벌써 시계는 2시를 가리키고 하늘엔 별이 총총 떠 있었다.

"창문가로 와서 찬 공기좀 쐬봐. 덜 졸릴거야."

"그럴까?" 창문가로 온 그 애가 밖을 내다본다.

태어나서 이렇게 많은 별이 뜬 걸 본 적이 없다니. 신기한듯 밖을 쳐다본다.

하긴 도시에서만 자란 애가 뭘 알겠나.

"별보면 무슨 생각이 나니?"

"별? 그건……"

내가 어렸을 적. 밤하늘은 나의 동경의 대상이었다. 무언지 모르게 잡아끄는 힘이 있어보였고, 특히 별자리를 이어나가는 것은, 손으로 짚어가며 이어가는 아름다운 기억이었다. 사자 · 백조 · 거문고 · 독수리 · 전갈 · 오리온 · 황소 · 시리우스 · 마차부…… 등 어떻게 저렇게 될 수 있을까를 감탄을 연발하며 하늘만 봐도 마냥 기쁜 시절이었다. 순수했던 시절의 기억이다.

그런데 별자리들을 보면 계절마다 대표적인 별자리가 있는데 가을철 페가수스 자리만큼은 찾을 수가 없었다. 밝은 별이 그리 많지 않았고 망원경도 없이 자취를 찾기란 쉬운 것이 아니었다.

날개를 쫙 펴고 날아가는 天馬. 나 역시 도시의 매연속에 자랐기에 결국은 포기할 수 밖에 없었다. 이런 생각을 잃은 채 10년이 지나, 난 밤에 집에 가려고 도서관을 나오다가 하늘에 펼쳐진 그 자취를 발견하였다. 그 느낌이란! 날아가는 그의 모습에 나는 감탄할 수 밖에 없었다.

그러나, 이것을 역설이라고 해야할지. 그 동안 내가 그토록 찾고 싶어했던 그 하나의 발견은 이젠 내가 찾아야할 별자리가 없음을 느끼게 했다. 이것은 내가 사랑하던 순수를 잃어버림이 아닌지. 나는 세상에 물들어가고 있는 것이었다. 그를 잃어버린 채.

"지금도 잃어버렸다고 생각하니?"

나는 희미한 눈빛으로 나를 바라보고 있는 A를 보았다.

"아니. 조금은 찾은 거 같애."

A가 눈을 감으며 웃는다. 그리고는 잠이 드는 것 같았다.

기차는 계속 달리고 있었다.

밖은 아직도 별이 빛나고 있었고 나만의 스테파네트는 작은 숨을 쉬고만 있었다.

20년 주기냐? 혼자 미친놈처럼 중얼거려 본다. 그래도, 없어진 줄 알았는데…. 지난해 가을에도, 그 전 가을에도 그렇게 나를 지켜봤겠지. 안 그래도 사람들 하나하나 잊혀가는 나이인데, 다시 찾아와 주는 것도 있네. 허허… 허허 허허….

스웨덴 어느 밤하늘 아래 벤치 위에 쓸쓸히 앉아있는 한 남자의 넋두리는 웃는 건지 우는 건지 모르게 그렇게 퍼져나갔다. 어찌 보면, 가장 별 볼 일 없다고 생각했던 오늘 하루가, 페가수스자리 하나로 가장 별(star) 볼 일 있는 최고의 일정이 되었다. 누군가가 나를 계속해서 봐주고 있으니 잘 살아온 것 같고 앞으로도 잘살아 보자고 그렇게 외치며 노래와 함께 잠이 든다.

"Bravo, Bravo, My Life!"
상상이 현실이 되는 건 월터만이 아니야!

중년인 지금,
내가 살아가는 주제는 무엇인가

월요일 아침이 밝았다. 이제 스톡홀름으로 돌아가는 길이다.

구글에 찍어 보니 우메오에서 출발하면 논스톱으로 653km, 7시간 40분 거리다. 여느 나라와 마찬가지로 스웨덴도 동부 해안가를 중심으로 대도시들이 발달해있다. 우메오 - 순스발 - 후딕스발 - 예블레 - 웁살라 그리고 스톡홀름. 대도시들이라 가다 보면 좀 볼거리가 있겠거니 하는 예상은 여지없이 빗나갔다. 비도 내리고 중간중간 통과하는 대도시들은 별 특색이 없었다.

가도 가도 똑같은 길, 지루한 빗줄기, 점점 늘어나는 건물들과 사람들.

그래, 나는 지난 며칠간 숲과 호수와 하늘과 별들의 세상에서 다시 현실로 돌아가고 있었다.

어쩌면 이게 정상인 거고,

며칠 전 봤던 것은 그냥 어두운 하늘을 쳐다보다 우연히 발견한 별똥별들이었던 거지.

"뭐해?"

잠시간의 생각을 깨우는 아내의 전화.

"어, 집에 있기 답답해서 그냥 드라이브 나왔어."

"뭐? 어떻게 맨날 나와 돌아댕겨? 어딘데? 사진 찍어 보내 봐."

"(또 이정재 사진 보내면 죽겠지?) 음…"

"또 헛소리하면 알아서 해!"

"… 니 맘속에 있어. 늘 그렇듯이."

"… 미친 거 아냐? 아침 먹은 거 다 토하게 하네…."

그래, 한때는 이런 멘트도 먹힐 때가 있었지.

스컹크 작전이라고나 할까. 사전에 기가 막혀 접근을 못 하게 하는… 웃으면서도 씁쓸하다.

그래도 한창 연애할 땐 "좀 얘기한 거 같은데 벌써 새벽이야!"라고 할 만큼 시간 가는 줄 몰랐는데, 이젠 고목나무에 물 뿌리는 수준이 되었으니.

아내를 만난 것은 2005년 여름이 끝나갈 무렵이었다. 나는 경찰청에서 한창 바쁜 부서에 근무할 때였다. 처음 만날 때부터 내가 1시간 늦게 나가고 만나는 장소도 잘못 잡는 등 실수의 연속이었으나, 운명이었을까 헤어질 듯 헤어질 듯 인연을 이어가던 우리는 결혼도 하고 꿈같은 신혼생활을 보냈다. 이러니까 결혼하지…. 하며 남들이 나의 이런 행복을 알까? 할 정도로 행복했다.

그 사이 아이도 태어나고 아이를 중심으로 가정이 변했다. 그래도 그것은 행복이었다. 내가 사랑해줄 존재가 생기고 내가 살아가는 원동력이 되었으니. 후배들을 만나도 늘 그랬다. "야, 어렸을 땐 먹는 게 좋고, 청소년 때는 친구들이랑 노는 게 좋고, 사회에 나와서는 술 한잔 걸치는 게 좋고, 결혼할 때 돼선 연애하는 것이 좋고…. 지금은 뭐가 제일 좋은 줄 알아? 집에 가서 우리 아들 보는 게 최고야!" 라고.

그렇게 30대까지 나의 삶에서는 순간순간 주요 주제가 있었다. 그 때문에 재밌었고, 그 때문에 살아가는 원동력이 되었다. 그런데 지금은? 뭐가 제일 좋은 거지? 하는 생각이 든다. 정해진 대로 막 달렸는데, 어느 순간 돌아보니 어디에 와있는지 모르겠고, 친구 - 애인 - 아내 - 아들로 이어지는 사랑하던 대상도 없어진 느낌이다. 마치 천상에서 놀다가 현실로 떨어진, 날개 잃은 천사… 라고 하긴 뭐하지만.

오히려 그 주제들은 좋아하는 것에서 피하고 싶어하는 것들이 많아진 것 같다는 느낌이다. 은퇴한 이들을 조사한 어느 책에서 나이가 들수록 주변을 정리해야 하고 정리의 기본은 버리는 것이라는데, 버리는 것 중에 '우정'도 있다는 사실에 깜짝 놀란다고 한다. 애인에서 아내로 변신한 아내와는 사랑은 고사하고 싸우는 일도 잦아졌고 잘해봐야 그냥 동지 내지는 남매지간 정도로만 돼도 다행인

사이가 되었다(한 직장 동료가 술자리에서 부부관계를 얘기하다가 '남매끼리 어떻게 해요!'라고 해서 웃었던 기억도… 하하). 신문 지상에 가끔 오르내리는 누군가의 불륜에 손가락질하면서도 '대단한 놈이네'라고 혼잣말한다. 한사코 내 곁에서 떨어지려 하지 않고 내가 출근하면 아파트가 떠내려가라 울던 아들도 이제는 게임과 친구들을 좋아하는 나이가 되었다. 이제는 정말 표지판과 나무에 묶인 주황색 리본을 따라 산행하다가 갑자기 아무것도 없이 길을 잃은 듯한 느낌이다.

점심이 되어 후딕스발(Hudiksvall)이란 작은 어촌 마을에 들러 점심을 때우고, 주변을 둘러보았다. 자그마한 성당, 부둣가의 빨간 집들, 정말 조용한 도시. 이런데 살면 정말 세상에 난리가 나도 모를 것 같았다. 그렇게 사는 인생도 괜찮지 않을까? 시원한 바닷바람, 조용한 시내 중앙에 자리 잡은 오래된 성당, 천천히 걸어 다니는 사람들. 나도 단조로움에 빠져보았다.

아까 어느 순간 길을 잃어버린 거 같았다고 말했는데, 이런 조용함과 단조로움이라면 표지판 없이 다니는 것도 괜찮은 선택이 아닐까 하는 생각도 해본다. 그 과정에서 몰랐던 길을 알 수 있고, 사람이 다니지 않는 길에서 다람쥐의 귀여움이나 이름 모를 꽃을 볼 수도 있으니 말이다. 아, 지리산같이 큰 산에서 길을 잃어버리면 큰일 나는 거 아니냐고 할 수도 있겠지만, 이제 우리 나이에 내려가는 산은 그리 큰 산이 아닌 동네에서 쉽게 볼 수 있는 자그마한 산일 것이다. 걱정할 필요가 없다.

남쪽으로 다시 차를 돌려 내려갈수록 점점 도시는 더 커지고 차는 많아져 갔다. 잠시 들렀던 스웨덴 4대 도시인 웁살라도 별로 내려보고 싶은 생각이 들지 않았다. 드디어 스톡홀름에 들어섰고, 나는 저녁 8시가 돼서야 집에 다시 들어왔다. 완전한 일상으로 복귀, 나의 3박 4일간의 일탈의 마지막 날은 그렇게 끝났다. 그날 밤 혼자 침대에 누워 며칠간 달렸던 그 길들을 생각해보니, 마치 꿈을 꾼 것 같은 느낌이 들었다.

그런데, '꿈을 꾼다'라는 말은 아주 어렸을 적 했던 말이 아니던가. 훌륭한 사람이 되는 꿈, 해외여행을 가는 꿈, 멋진 연애를 하는 꿈. 어느 순간부터 사라졌던 꿈을 꾼다는 단어가 잠이 드는 나의 위로 쏟아져 내렸다. 그래 이제 다시 꿈을 꾸는 거다. 중년, 나는 다시 꿈꾸는 걸 내 주제로 삼기로 했다.

인류 최초의 달 탐사선 아폴로 11호를 타고 달 표면에 최초의 발자국을 남긴 닐 암스트롱이 말하기를,

"이것은 한 인간에게는 작은 한 걸음이지만 인류에게는 커다란 도약이다."라고 했던 것처럼,

이번 여행은 한 인간에게는 며칠간의 여행이지만, 중년인 남자에게는 커다란 도약이었다.

갈수록 헛소리가 늘어나는 것 같다.

[마누라 속이기를 해보니]

여행을 시작하기 얼마 전 읽은 책에서, '남자가 죽기 전 후회하는 5가지'에 다음과 같은 내용이 있었다.

1. 원하는 삶을 살지 못한 것
2. 솔직하지 않은 것
3. 너무 열심히 일한 것
4. 친구와 연락을 끊은 것
5. 행복을 적극적으로 선택하지 않은 것

특히, 5번의 경우 행복은 크기가 아닌 빈도의 문제이며, 작고 사소한 것을 가능한 한 많이 늘려나가야 한다는 얘기였다. 나는 이번 일탈에서 많은 것을 실천했다. 첫날, 그냥 세 시간의 드라이브만 끝내고 집으로 돌아갔다고 하더라도 오늘의 저녁을 집에서 편안히 맞기에 충분했을 테지만, 나는 그 세 시간 후에 방향을 북쪽으로 바꾸어 정말 많은 것을 보고 많은 것을 생각할 수 있었다.

내가 1~4번을 어떻게 했었는지 평가하기는 힘들겠지만, 5번은 맞는 것 같다. 어디서 보니 학력고사 세대인 74년생까지는 2차 베이비붐 세대라고 하니 나도 거기에 들어간다. 콩나물 시루떡 같은 교실에서 인성보다 성적 위주의 가르침을 받았고, 사회생활을 시작한 90년대 말은 IMF로 직장을 다니는 것만도 다행이라고 생각했다. 신혼을 시작한 2000년대 후반 공무원 임대아파트에서 출퇴근 왕복 두 시간 반을 버티다가, 아이를 낳고 가장이 되며 이직한 새 직장에서 30대 후반의 중고 신인이 되어 담배를 유일한 벗으로 삼아 외국 생활을 시작했다. 그리고 이렇게 무르익은 중년이 된다.

지금껏 나의 삶을 보면, 큰 일탈 없이 정해진 길대로 평탄하게 살아온 것 같다. 어릴 때는 부모 말씀을, 사회인이 돼서는 조직의 지침을, 가정에서는 충실한 가장과 아빠로 열심히 살아야 한다는, 절대 일탈이라는 것은 있을 수 없다는 생각으로 살았다. 그래서 잠잘 때도 삐딱하게 자지 않고 똑바로 자려고 노력까지 하는 내 모습을 보면….

예전에 직무 교육을 받으며 어느 교수님이 강의해줬던 것이 기억난다.

"중년 남자들이 많이 보는 게 뭡니까. 1. 동물농장 2. 나는 자연인이다. 3. 이종격투기, 그리고 밤엔 혼자 몰래 그거(?) 보잖아요. 셋 다 공통점이 뭔지 압니까? 다 보통 직장인들이 평상시에 못 하던 것들이잖아요? 동물처럼 맘대로 삽니까? 자연인처럼 하고 싶은 대로 살아요? 이젠 몸도 말을 안 들어 이종격투기 선수들처럼 날아다니지도 못하니까 맨날 쳐다보면서 대리 만족하죠? 그러다 아무것도 하기 싫고…. 그게 번아웃(Burnout)이죠.
그러고 나서 어떻게 하면 좋겠냐고 물어봐요. 간단해요. 평상시에 못 하던 하나라도 해봐요. 그걸 꼭 못 할 짓에서 찾아야 하나요? 도박이나 못된 짓 말고도 못하던 것들 많잖아요. 주말에 자전거 타고 한강이라도 달려보라 이겁니다. 해보고 문제가 해결되는지 안 되는지 보라 이겁니다."

강의를 들을 때 (물론 '그거'에서 특히) 다들 웃고 킬킬대며 맞장구쳤지만, 실제 그렇게 해보지 못해 쓴웃음 짓는 이들도 많았으리라. 그럴 생각을 할 시간도 없었다는 게 맞을 것 같다. 나만 그런 게 아니라 남자들이 유독 그렇다. 그냥 일, 일, 일, 일…. 일에서 탈출하는 일탈은 점점 거리가 먼 얘기가 된다.

부부끼리 만나 식사해도 부인들끼리는 정말 다양한 화제에 얘기가 끝이 날지 모르지만, 남편들끼리는 90% 이상 일 얘기다(10% 잠깐 벗어났다가 다시 일로 돌아온다). 그러다가 이내 화제가 중단돼 뻘쭘하게 있다가 서로 얼굴 한 번 쳐다보고 피식 웃다가 자기 마누라를 한 번 쳐다본다. 이후 아 제가 화장실 좀… 하고 자리를 뜬다. 겨우 부인 눈치 줘서 돌아오는 길에 "아 뭔 얘기가 그렇게 많아" 하고 차 안에서 짜증 내면서도 내심 부럽기도 하다. 이러다 일이 없어지는 순간엔? 그래서 선배들이 퇴직하고 나면 그렇게 외롭다고 하나 보다.

파일럿 프로젝트.

나는 이번에 일탈이라는 파일럿 프로젝트에 성공했다.

그리고 행복했다. 이 행복은 나 하나로 끝나지 않을 것 같다. 집에 계속 있었다면 밥해 먹고 설거지하고 청소하다가 아내가 없음에 왜 이리 안 돌아오냐고 아내의 전화에 짜증을 냈겠지만, 나는 늘 아내의 마음속에 있다는 걸 확인해주고 나 또한 실제로도 며칠 후 아내가 돌아올 것을 기다리고 있지 않은가.

짧은 여행으로 내가 누군가를 더 사랑하고 내 생활이 더 행복해졌다고 할 수는 없겠지만, 그런 시도를 했다는 것 자체만으로 몰랐던 새로운 세상과 잊혔던 과거를 다시금 회상할 수 있었기에 가치가 있었다. 마누라를 속였지만, 그래도 다른 '남자들이 죽기 전 후회하는 5가지' 중 최소한 '1. 원하는 삶을 살지 못한 것'에서 잠시 일탈할 수 있지 않았던가. 아, '2. 솔직하지 않은 것'은? 마누라에게는 솔직하지 않았으나, '나 자신'에게는 솔직했으니 이 또한 벗어난 것이고. '3. 너무 열심히 일한 것'도 아니고 '4. 친구와 연락을 끊은 것'과 관련해서도 '나'라는 친구도 생겼으며, '5. 행복을 적극적으로 선택하지 않은 것'이 아닌 일과 가정을 떠나 오로지 짧은 시간이었지만 나만을 위한 행복을 선택하기도 하였으니, 최소한 후회는 안 하겠다는 나 자신의 평가를 매겨본다.

2장

마누라에게 한번 맞서 보았다

불타지 않는 중년

아내 생일이 가까워지던 어느 날, 아내는 나에게 선물로 뭘 해줄 거냐고 물었다.

나는 잠시 생각하다가,

"나"

"뭐라고?"

"나라고. 네 인생에 내가 선물 아니냐?"

"..."

아내가 씩 웃으며 제의했다.

"내한테 선물로 ×십만 원 줄래, 이번 주 일요일에 교회 갈래? 한마디로 끝내면 된다."

(참고로 난 교회 안 다님)

"교회 갈게."

아내는 역습+허무+안타까움×뭐라 표현할 수 없는 찝찝함이 뒤섞인 표정으로

"진짜가?"

"응."

아내는 이불을 뒤집어쓰고 누웠다.

그 주말, 아내 손에 이끌려 교회에 갔다. 목사님 설교 중 옛날에 삼 형제를 둔 노모가 아들 각자에게 칠순 기념으로 아파트, 벤츠 차, 루이뷔통 핸드백, 성경을 읽어주는 앵무새를 선물로 받았는데, 노모가 다 뿌리치고 앵무새를 가장 기쁘게 받았다는 내용이었다. 아내도 고개를 끄덕끄덕했다.

다 끝나고 나오면서 아내에게 한마디 해줬다.

“올해 니 생일 선물은 앵무새야.”

아내는 돌아오는 차 안에서 아무 말도 하지 않다가, 정지 신호를 받고 대기하던 중 옷 가게에 걸린 밍크코트를 보고 대뜸 콧소리를 비빔냉면처럼 섞더니

“자기야, 나도 밍크 해줘~^^”

나는 잠시 생각에 잠긴 뒤 고개를 끄덕이고,

‘윙크 ^_~’ 를 해줬다. ^0^

집사람은 인생 맨날 그렇게 살 거냐고 폭언 종합세트를 퍼부었다.

그날 오후도 여전히 거실 소파에서 책 좀 보다가 적막한 집안 분위기를 느끼고 잠깐 생각에 빠졌다. 아내는 저녁 준비를 마치고 안방에 누워있고, 애는 방에서 게임을 하는지 조용하다.

그냥 우리에게 있는 일상인데, 뭔가 허전하다. 아까 좀

너무했나? 남들은 이벤트도 많이 한다는데.

하… 근데 이 나이에 무슨 이벤트야. 남사스럽게…. 하긴 그러니까 이렇게 썰렁하지.

한때는 아내와 불타는 사랑을 하기도 했었는데, 시간이 금방 지난 것 같다. 지금은 그냥 가족일 뿐. 별 탈 없이 남들처럼 평범하게 무덤덤하게 살아가는 것이 일상이 되었다. 생각해보니 작년에 '마누라 속이기'랍시고 아내 몰래 스웨덴을 일주했는데, 굳이 그럴 필요도 없었다. 아내는 1년이 넘도록 내가 갔다 왔는지 모른다. 관심이 없다는 게 더 맞는 거 같다.

이상과 현실 - 중년 아재의 이상과 현실의 갭은 너무 크기만 하다.

연애할 때는 하루에도 몇 통씩 전화해 가며 서로의 안부를 궁금해했지만, 지금은 혼자 여행을 다녀와도 굳이 속일 필요도 없는 중년 부부가 되었으니 속인다고 한 자체가 웃겼다. 물론 나만 그런 건 아니다. 몇 년 전 술자리를 했었던 선배들이 그랬고, 지금 직장에서 꼰대로 몰려가며 분투하고 있는 상사들과 친구들이 그렇다. 남편들은 굳이 마누라들을 속일 필요가 없다(물론 어떤 상사분께서 별거 중인 사모님께 떨어져 사니까 혈압하고 당수치 등 모든 게 정상으로 돌아왔다고 솔직하게 말했다가 박살이 났다는 얘기도 듣기는 하지만…).

올해는 연초부터 일이 많았다. 결원도 갑자기 생겼는데 충원이 되지 않았고 상사도 바뀌는 바람에 여러 가지 일을 처리해야 했다. 아이 학교 문제로 내가 직접 나서야 할 일도 생겼고 아내도 응급실에 실려 갈 일이 생겼으며 한국에서는 부모님 건강 문제가 생겼는데 내가 할 수 있는 일이 아무것도 없었다. 나도 중년 남자들이면 대부분 몸에 생기는 고장이 추가되기 시작하면서 몇 년 전 끊었던 담배 생각이 간절했다. 그러다 보니 유독 중년 남자들의 고민에 대한 유튜브나 팟캐스트를 찾아가면서 들었는데, 고민은 공감이 되지만 해답은 찾을 수 없었다.

다음 주에 만날 스웨덴 사람과의 스몰토크를 위해 스웨덴 내 유네스코 세계 자연유산에 대한 책을 읽다가 '어차피 스웨덴 밖도 못 나가는데 한 번 안에 있는 자연유산이나 다 돌아볼까?' 하는 생각이 들었다. 이왕 할 거면 스웨덴 21개 주(län) 중 가보지 않은 데로 골라볼까 하다 보니 눈에 들어오는 풍경이 있었다.

Höga Kusten(영어로는 High Coast)이라는 곳이었는데 조용하게 생각을 정리하기 좋을 것 같기도 했고, 한편으론 그랜드캐니언을 방불케 하는 협곡도 있는 화려하진 않지만 묵직한 남자 같은 자연이 있는 국립공원이었다. 아내와 아들이 잠든 밤, 혼자 거실에서 여기저기 관련 자료를 찾다 보니 그냥 주말 동안 다녀올 수 있을 만큼 큰 준비가 필요 없을 것 같았다. 촌 동네다 보니 숙박 옵션은 캠프장밖에 없는 듯하나 나름대로 좋을 것도 같다.

문제는 생각보다 산이 험준한 것 같아 아내와 아들을 끌고 가기도 뭐하고, 집 밖에서는 화장실도 안 갈 만큼 공동

샤워장과 화장실 사용을 극도로 싫어하는 아내를 캠프장에 끌고 갈 생각을 하니 머리가 아팠다. 한편으론 왜 맨날 여행 계획은 내가 다 세우는데, 이것까지 신경 써야 하지? 라는 생각도 들고.

잠이 들면서 이 생각 저 생각하다 에라 지난번처럼 그냥 혼자 갔다 오자는 생각이 들었다. 그리고 죄짓는 것도 아닌데 이번엔 속이지도 말고 아내에게 그냥 말하고. 물론 고양이 앞에 쥐처럼 과연 아내에게 말할 수 있을까가 걱정되었다.

"커서요" - 맞서다

스무 살이 넘어 성년이 되니 목욕 후의 시원한 맛을 알게 되었다. 그래서 시간 날 때 가장 효과적이라고 생각한 게 목욕탕 가는 거였는데, 그러다 보니 때밀이 서비스를 받는 게 생각보다 괜찮다는 경험을 하게 되었다. 그래서 등산처럼 땀도 많이 나고 몸이 아주 피곤한 날엔 때를 밀어주는 손길이 그리워 목욕탕으로 달려가곤 했다.

몇 년 전 7시간의 산행 후 땀이 범벅이 돼서 하산 후 목욕탕에 들러 때밀이를 받게 되었는데, 시원한 건 좋은데 문제는 때가 너무 많이 나오는 거다. 시작한 지 5분이 넘도록….

미안해서 아저씨에게 "아저씨 죄송해요."라고 하니 "에이 내 직업인데요, 뭘." 하고 쿨하게 넘어가셨다. 근데 또 5분이 더 지났는데도 계속 나와서 "정말 죄송해요…."라고 하니 인상이 굳은 채로 대답을 안 하셨다. 아저씨가 꼭

"(밀어도 계속 나오니) 너 지우개냐?"
라고 할 것 같아 먼저 달래드릴 겸 말을 걸었다.

"아저씨, 여기 남탕이고 다들 벗었는데 왜 팬티를 입고 세신을 하세요?"

"아, 직업이어서요."라거나 "손님에 대한 예의죠."
라고 말씀하실 줄 알았는데,

"커서요."
"네?"

아저씨는 나훈아 형님 같은 표정을 짓더니
"보여줘요?"

"아뇨. 됐습니다."

살다 보면 이렇게 의외의 순간을 만나게 되는 경우가 있다.

다음 날 '밥묵자'에 나오는 김대희처럼 아침을 먹으면서 나는 선언했다.

"나 다음 달 주말에 혼자 캠핑 좀 다녀올게. 너무 답답하고 머리도 좀 식혀야겠다. 한 다섯 시간 걸리는 덴데, 당신은 캠프장도 별로 안 좋아하고 등산도 별로잖아."

담담하게 말했지만, 지난번 윙크 사태로 폭언 폭탄을 맞은 여파가 아직 남아 아내의 반응이 두려웠다. 아, 불쌍한 중년이여.

나의 단독 여행 선언에 아내는 간단히 대답했다.
"누구랑 가는데?"

"시몬 씨하고 같이 간다."

학교 다닐 때 오락실에 가거나 대학 시절 늦게까지 술 먹고 딴짓하려면 엄마한테 가장 착실한 친구하고 같이 있다고 안심시키듯이 아내가 익히 아는 사무실 직원 얘기를 꺼냈다.

"주말만? 밥 안 싸줘도 되제? 잘 갔다 온나."

흐엉? 나도 모르게 손으로 뒤통수를 긁었다.

뭐지? 화난 건지 이해해주는 건지 무관심인지 알 수 없는 이 부산 여인네의 반응은? 멋쩍게 출근하면서 혹시 열받게 한 건가 하는 의구심이 들었다. 전에 부부 싸움하고 큰소리치고 "오늘 안 들어온다!" 하고 집을 뛰쳐나간 뒤, 혹시 아내에서 연락이 오지 않았을까 하며 계속 카톡을 보는 심정이랄까.

여러 가지 이유가 있던 것 같다.

아내가 등산, 캠핑을 별로 안 좋아하는 것도 있지만 최근 들어 나를 좀 안쓰럽게 보는 것 같기도 하고…. 중요한 건 아줌마 친구들도 많이 생겼으니 그냥 편하게 생각하기로 했다. 뭐 백일섭 아저씨는 졸혼도 한다는데 이게 뭐~ 나는 지난해 인란드바난의 길을 함께한 총각 시몬 씨를 설득

해 이번에도 같이 가기로 했다.

한편으론, 이제 뭐 그렇게 복잡하게 생각할 거 있느냐는 생각과 솔직하고 간단하게 말하는 것이 오히려 낫겠다는 생각도 들었다. 세신사 아저씨의 대답처럼 인생에 정답이 없다는 걸 너무 많이 보고 왔는데, 인제 와서 이리 재고 저리 재면서 복잡하게 생각할 필요 없지 않은가.

주말이고 한 군데만 갔다 오는 일정이라 계획을 짜는 데 그리 오래 걸리진 않았지만, 그래도 3주 정도가 걸렸다. 미국으로 치면 서부 미개척지 같은 이미지의 스웨덴 북부. '나무의 바다'라고 할 만큼 숲이 많고 이제껏 가보지 못한 주(state)인 Västernorrlands주를 가본다는 생각에 3주가 금방 지나갔다.

3주 동안 아내와는 냉전도 아니었고 평범한 일상처럼 지냈다.

아내는 그냥 내가 목욕 갔다 오는 정도로 생각하는 듯했고, 나도 이번엔 정말 휴식 같은 휴식을 해보자는 생각에 크게 계획도 세우지 않은 채 시간을 보냈다. 한때는 "여행은 계획 세울 때가 더 재밌어!"라며 거의 시간 단위로 계획을 짰던 내가, 굳이 동생 같은 동료 직원과 둘이 가는데 그렇게 짤 필요가 있냐는 생각에 다시 무계획 같은 여행을 하게 되었다.

젊은 날의 여행 준비와 밥상에서는 이런저런 조잘거림과 다양한 대화를 했다면, 나이가 들어가면서 그런 활기참과 설렘은 많이 줄어들었다. 하지만 계절이 바뀌면 옷을 바꿔 입듯 꼭 과거처럼 하는 게 좋다고 할 수는 없다. 언젠가부터 여행사의 서비스를 이용하고 모험을 감행하는 것보다 안정을 찾고 복잡함보다는 단순함을 찾아가는 것이 나쁘지는 않다는 생각이 든다. 리얼 상황극 '밥묵자'의 모습이 청춘에게는 웃기는 모습이 될 수 있을지 몰라도 중년에게는 자연스럽고 평범한 일상으로 받아들여질 수 있다. 변해간다는 게 꼭 나쁘다고는 할 수 없기에 그 또한 새로운 생활의 발견이 아닐는지.

우리에게 '다음'은 없다

출발하는 날은 비가 추적추적 내렸다.

지난번처럼 아침에 일찍 일어나 출발한 것도 아니고 천천히 일어나 7시쯤 슬슬 출발했다. 아내에겐 "이제야 진정한 여행을 떠나는 거 같다"라고 우렁찬 소리로 씩씩하게 말하고 나왔다. 홀가분하긴 한데 사실 뭔지 모를 해방감과 더불어 역으로 찝찝한 느낌이 들었다.

차는 북쪽으로 달렸다. 시몬 씨와 사무실에서 하지 못했던 얘기도 두런두런 나누다 보니 한두 시간이 금방 지나갔다.

긴장과 스트레스로 싸였던 지난 석 달 동안 대사님도 바뀌고 새로운 대사님도 무사히 도착하셨다. 그동안 알게 모르게 쌓여왔던 긴장이 풀어지면서 그냥 이렇게 비 내리고 화창하지도 않은 고속도로를 아무 생각 없이 달리는 것만으로도 행복했다.

어느새 Höga Kusten의 입구이자 스웨덴에서 가장 긴(1,867m) 현수교인 Högakustenbron(영어로 High Coast Bridge)에 도착했다. 다리를 건너 바로 옆쪽으로 Höga Kusten이 시작되는 Hornön 호텔에 들러 커피 한 잔도 하고 정보안내소도 들렀다. 유명 관광지라 그런지 무료 자료가 많아 커피값을 뽑고도 남았는데, 전망도 탁 트여 마음도 같이 탁 트였다. 이제 첫 목적지인 Naturum Höga Kusten은 40분 정도만 가면 되고, 오후 1시 반쯤에 도착할 테니 시간은 얼추 잘 맞춘 듯싶었다.

그런데, 교대로 운전대를 잡은 시몬 씨가 출발한 지 5분 정도 돼서

"참사관님, 바로 가지 말고 오른쪽에 길이 예쁜 거 같은데 잠깐 들렀다 가면 어떨까요?"

"그래…? 시간이 좀 그렇지 않나? 뭐… 그러지 뭐"

나는 지금 바로 가도 점심 먹고 돌아가면 빠듯할 텐데 뭘 돌아가나…. 하고 불만은 좀 있었지만, 마지못해 그러자고 했다. 다만, 이후 일정이 뒤로 밀리면 대충 생각했던 계획대로 다 못 볼 텐데 하는 걱정도 들었다. 하지만 내 생각만 밀어붙이면 꼰대라는 오해도 살 것 같아, 마지못해 오른쪽 길로 들어서고 있었다.

고속도로를 벗어나 지방도를 따라 달리니 바깥세상에 핵폭탄이 떨어져도 모를 것처럼 살아갈 듯한 마을이 나타났다. 속도는 느려졌지만, 마음이 편해지는 건 왜일까?

"참사관님, 저 표지판이 뭔지 아세요?"
시몬 씨가 꽃 표시가 되어있는 작은 표지판을 가리켰다.

"글쎄?"
"좀 이쁜 도로를 의미하는 거래요. 알고 난 다음에 보니, 정말 저 표지판 있는 데는 이뻐요."

꽃 표지판과 마을 입구 우유통

길은 정말 예뻤고, 과거에 여행했을 때 찍고 싶었던 마을 입구를 표시하는 화단이나 우유통도 있어, 잠시 차를 세우고 찍었다. 언제 다시 여길 오랴? 하는 생각에.

운전하던 친구가 마을 교차로에서 갑자기

"저… 잠깐 소변 좀…."

"그래? 여긴 고속도로처럼 화장실 찾을 필요도 없네. 자유다. 눈치껏 대지에 따스함을 주자."

"네 ㅎㅎ"

차를 대고 각자 일을 보는데, 나는 마치고 나오다가 동네 미니 박물관을 발견했다. 인구가 적은 마을에서 자신들의 전통과 역사는 알리고 싶은데 상주할 인력은 없으니, 조그만 움막을 만들어 사진, 신문 기사, 기념 소품들을 넣어놓고 알아서 문 열고 들어가 보고 나오라는 것이다. 스웨덴다운, 또 시골다운 소박함이 묻어있는 재미있는 박물관이었다.

이후 우리는 12세기에 지어져 부서졌다가 재건축을 반복했다는 유서 깊은 교회도 우연히 발견했고 그 안에 100년 전 마을 사람들의 사진과 서정 앞에 펼쳐진 아름다운 호수 전망도 볼 수 있었다. 비만 안 왔으면 더 좋았을 텐데. 아니, 비가 와도 멋진 풍경이었다. 특히 100년 전 사람들의 모습을 보면서, 100년 전에도 저 사람들이 이 교회 앞에 모여 떠들었을 텐데 지금은 아무도 없는 풍경이 됐구나.

하는 생각도 들었다.

한편으로는 마을 입구의 안내판을 보니 이 지역 전체가 Nordingrå라는 Höga Kusten 지역이 시작되는 곳이고, 그래서 지반의 융기(uplift)로 인해 특이한 지정학적 특색이 나타나는 지점이라는 것을 알게 되었다. 현재 이 지역에서 많이 볼 수 있는 호수들은 원래가 바다였는데, 빙하기 끝인 8천 년 전부터 서서히 상승한 육지 안에 고립되었다는 것이다. 그 때문에 호수부터 산등성이까지 다양한 생태계가 형성되고 이는 지형에 그대로 반영되어 있다. 지구 내부에 무슨 힘이 있기에 이렇게 밀어냈을까?

저 아름다운 호수도 그럼 땅이 계속 솟아오르면서 몇천 년 후에는 없어지겠네 하는 쓸데없는 걱정을 뒤로하고 다시 목적지로 향했다. Nordingrå의 구불구불한 길을 돌아 나오는데 한 시간 이상을 들였지만, 들어올 때와는 다르게 느낀 바가 좀 있었다. 어쩌면 나이 들어가며 깨달아야 할 점이기도 한데, 바로 '다음'은 없다는 것이다.

Nordingrå를 돌며 가장 뿌듯했던 일은 그동안 찍고 싶었지만 못 찍었던 마을 입구의 우유통 사진을 찍은 것이다. 항상 그렇게 생각했었다. 다음에 또 나오면 찍지, 뭐…. 결국 스웨덴에 온 지 2년 동안 그걸 찍어 본 적이 없다. 많은 것을 그렇게 생각했던 건 아니었을까. 승진하고 나서, 돈을 더 벌고 나서…. 하지만 이제 자각해야 한다. 시간은 그렇게 무한정 남아있지 않다. 미래의 성공을 위해 현재의 행복을 미루고 싶지 않다. 지금 하고 싶은 일은 지금 해야 한다.

그러려면 느림이 주는 여유를 내 옆에 둬야 한다. 항상 그랬다. 여행 계획을 세울 때 시간 단위로 어디를 들르고 어디서 잠깐 쉬고 어디서 밥을 먹고…. 돌이켜보니 여행하면서 사진은 많이 찍었지만 사색하고 느끼며 돌아보는 시간은 없었다. 그 많은 사진은 정작 하드디스크의 저장 공간만 채워가지 않았던가. 오늘 한 시간의 여유를 더 갖는 게 낫지, 사진을 그렇게 남겨서 뭐 하게…. 가만있어도 남들에게 쫓기면서 사는 인생인데, 나 스스로 쫓는 그런 어리석음은 이제 그만둬야 한다.

Taejin Park 홈 20+ 친구 찾기

Taejin Park
6월 27일 ·

아들이 수서의 큰 병원에 들렀다가 퇴근 시간에 맞춰 사무실로 왔다. 인근에서 저녁을 사주고 집에 들어가는데 지하철에 내려 밖으로 나오니 소나기가 내리기 시작했다. 아내와 아들 손을 잡고 뛰어가다 집 근처 아내가 아는 동생 가게에 들러 우산 한 개를 빌려 셋이 쓰고 왔다.

좀 옆으로 가. 비 다 맞어.
맞아, 아빠 때문에 나도 이마에 비 맞았다고.
시끄럽다. 니들 땜에 난 오른팔은 다 젖었다...

돌아오는 길에 셋이서 옥신각신하며 퍼붓는 비 사이로 걸어왔다. 그래도 셋이 붙어오니 재밌었다. 가만 생각해 보니 셋이 이렇게 붙어서 걸어온 적이 그리 많지 않았던 것 같다.

지금 아내와 아들은 잠이 들고 비도 그쳤다.

문득 그런 생각이 든다.
비 맞고 걸어왔지만 참 좋았다.
10년 후 지금처럼 되돌아봤을 때,
비 맞은 길을 걸어온 것처럼 쉽진 않지만
셋이서 이렇게 웃으며 걸어온 지금의 날들이 그리워지지 않을까?

그리워할 수 있는 평범한 추억들을 많이 만들며 살아가고 싶다.

어느 비 오던 날의 추억

우리에게 '다름'은 있다 - MZ 세대와 사는 법

중학교 친구 중에 특이한 친구가 있었다. 어느 날 미술 시간에 선생님이 자유롭게 그리라고 했는데 이 친구가 스케치북에 계속 검은색만 가득 색칠하는 것이었다. 난 이해가 안 돼서 물었다.

"야, 뭐 그리는 거냐?"
"김."

뭐 이런 게 다 있지. 이런 게 친구라니. 쯧. 선생님에게 떡이 되도록 얻어터질 생각을 하니 불쌍했다.

그러나 예상과 달리 녀석은 선생님께 매우 칭찬받았다. 선생님은 자신이 미대에서 추상화를 전공했는데 중학생 수준에서 이 정도 구상하는 것은 천재에 가깝다고 입에 침을 튀기면서 칭찬했다.

교실에는 선생과 그의 수제자로 구성된 2명의 천재와 나를 포함한 나머지 59명의 바보들이, 서로를 이해하지 못한 채 앉아있었다.

오늘따라 중학교 때 추억이 떠오른 것은, 오늘 예쁜 길에 잠깐 들렀다 가자는 제안에 내가 나이가 많다고 "뭔 소리야, 내가 당신보다 더 조사 많이 해서 여기 갈 데도 많은데."라고 무시했다면, 나는 오늘의 이 여유와 행복을 갖지 못했을 것이라는 생각이 들었기 때문이다.

사실 가끔 TV 토론이나 신문 기사를 보면서 짜증 나는 것 중 하나가 다수 사람이 생각하는 것을 마치 학술적으로 떨어지는 것처럼 폄하하고 두루뭉술하게 공자님 말씀하듯 얘기하는 사람들의 발언이다. 예를 들면 청소년 범죄에 대해 '아이들 잘못이 아니라 우리 모두의 문제입니다',

라거나 '애들보다 어른들의 책임이 커요'라는 식으로 말하는 사람들이다. 그런 발언을 듣다 보면 그럼 문제 해결은 어떻게 하라는 거지? 라는 의문이 든다. 해결책도 제시 못 하면서 장기판에서 훈수 두듯이 말하는 사람을 보면 짜증이 난다. 그렇기에 배우 김혜수가 주연한 '소년심판'이 큰 반향을 일으킨 것이 아닐까.

나이 들면서 스트레스받는 것 중 하나가 세대 간 차이다. "나 때는"이란 말이 나도 모르게 불쑥 튀어나올 순간이 한두 번이 아니다. 예전 생각하면 억울할 때도 많다. 그러다 보니 스트레스를 받고, 그들과 거리를 둔다. 중년이 되어 젊은 세대와 거리감이 느껴질 때가 바로 그런 때인 것 같다.

하지만 나이가 들면서 나의 경험과 신념을 무조건 구식이라고 생각하고 젊은 사람들에게 맞추라고 하고 싶지는 않다. 마치 '어른들의 책임이 커요'라고 말하는 사람이 되고 싶지 않듯이. 다만, 이번 여행을 통해 젊은 사람들이 나보다 더 참신하고 좋은 생각을 가질 수도 있다고 생각하게 되었다. 물론 처음부터 적극적으로 인정한 건 아니다.

다만, 나이가 많아도 그들과 공유할 수 있겠다는 생각은 들었다. 그들의 '다름'을 받아들이는 것이다. 이것은 내 생각에 대한 강요나 포기와는 다르다. 어찌 보면 한 발짝 물러서서 본다고 할까. 세종대왕 시절 '네 말도 옳고 재 말도 옳다'고 받아들였던 황희 정승이 환갑만 돼도 난리 나던 시절 88세까지 장수한 이유도 그렇게 다름을 인정한 생활 태도 때문이 아니었을까 하는 생각도 해본다.

얼마 전 주말에 송승환 씨가 운영하는 유튜브를 보았다. 예전에는 그가 대단하다고 생각하지 않았지만 멀어져 가는 시력에도 불구하고 예술에 대한 열정을 태우는 기사를 보고 그를 다시 보게 되었다. 그의 유튜브는 오랜 경력의 연기자들을 인터뷰하며 그들의 인생 교훈을 듣는 내용인데, 마지막에 "젊은 세대에게 어떤 충고를 해주고 싶냐"는 질문을 한다. 그중 기억에 남는 두 연기자의 멘트가 있었다. 물론, 둘 다 연기 경력 40년이 넘는, 대 연기자들이다.

한 사람은 "아휴, 요즘 젊은 사람들이 더 똑똑하고 더 잘 알어. 뭘 충고를 해?"라고 했고, 또 한 사람은 "내 말 편집하지 말고 똑똑히 전하세요. 요즘 젊은 사람들…. 이라고 왜 해요? 나는 아주 맘에 안 들어요. 왜냐면….”이라는 상반된 내용이었다.

충격이었다. 저렇게 다를 수 있나. 하지만, 나에게 인생의 조언을 구할 기회가 생긴다면 전자에게 하고 싶다는 생각이 들었다. 또한 나는 어떻게 보였었을까…. 라는 생각도 들었다. 나이가 들고 시간이 가면 누군가의 다름을 인정하고 나를 정리하며 포기하는 것, 그것이 인생인데.

요즘 들어서 하도 말이 많은 MZ 세대에 대한 얘기만 해도 그렇다. 직장에서도 내 또래에서 이들과의 관계로 스트레스받는 사람들이 적지 않다. 특히 나 같은 중년. 어쩌면 서글프다는 생각까지 든다는 사람도 있다. 나 또한 그렇다. 하지만 똑같은 MZ 세대라도 도저히 이해할 수 없는 사람이 있는가 하면, 참 기특한 사람들도 있다. 이번에 여행을 같이 떠난 시몬 씨도 넓은 범위의 MZ 세대인데 후배라기보단 든든한 친구 같다는 생각도 들었다. 물론 이들이 다 그렇다는 건 아니다. 최악의 인성을 가진 사람도 있으니.

그렇다고 사람 좀 만들어보겠다고 일장 연설하는 순간

이마에 '꼰대'라는 주홍글씨가 팍 박힐 수도 있다. 좋은 사람들만 담아가기도 바쁜 인생에 그런 이들은 그냥 포기하고 기대하지 않는 것이 좋을 것 같다. '다른' 사람들이니까. 괜히 이런 '다른' 사람들과 친해 보겠다고 밥 사고 술 사고 잔소리를 늘어놓는 것보다 다름을 인정하고 거리를 두는 것이 차라리 나을 것 같다. 사주고 나를 따르지 않거나 나에게 맞추지 않는다고 섭섭해하지 말고, 사주지 말고 거리를 두고 섭섭해하지 않는 것이 낫다는 소리다.

시몬과 하린: 스웨덴의 겨울, 내린 눈으로 같이 팥빙수를 만들어 먹던 젊은 친구들. 띠동갑 이상의 차이가 나는 80년대와 90년대생이었지만 정말 좋은 친구들이었다.

중년의 삶의 코치로 유명한 어느 작가는 '내일 일은 여전히 잘 모르겠지만'이란 책에서, '우아하게 나이 드는 법'을 네 가지 키워드로 제시한다. '태도'에서는 당당하기보다는 shy하고, 순하고 고요하게 자신의 공간을 줄여가면서도, 사람에 대해 시대에 대해 늘 그때그때 아파할 수 있는 삶의 태도를 가지라고 한다. '관계'에서는 '왜' 그랬는지 이유를 따지기보다 '어떻게' 그럴 수밖에 없었으며, '어떻게 하면' 나아질 수 있을지 과정을 돌아보려고 노력하라고 한다. '시선'에서는 나이 들수록 거대한 철학이나 이념보다 개인들의 사소한 사정을 더 중히 여기고 예민하게 바라보는 시선을 가져야 한다고 말한다. 마지막으로 '희망'에서는 내일 일은 여전히 잘 모르겠지만, 앞만 보고 뚜벅뚜벅 걸어가다 보면 삶의 반전이 찾아올 거라는 희망을 가질 것을 말한다.

특히 우아하게 나이 드는 자세로 '샤이(shy)하기'를 설명하는데, 나이가 들면 이렇게 점유하는 공간을 좀 버릴 필요가 있고, 나이를 먹을수록 거꾸로 그 존재감을 축소할 필요가 있다고 한다. 조금 더 소심하고, 조금 더 부끄럼을 탄다면 훨씬 우아해질 수 있다면서.

그런 측면에서 참 고마운 존재가 있으니 바로 아들이다. 주변에 보면 MZ 세대하고도 거리감을 느껴 말도 하지 않는 경우가 많고 다가가기도 힘들다는 동년배가 많다. 나 또한 그렇다고 할 수 있는데, 그 세대들보다 훨씬 어린데도 나와 소통하기를 주저하지 않는 인류가 있으니 이 어찌 감사하지 않을 수 있겠는가. 그럴 때는 공부 못해도 좋다는 생각이 절로 든다. 그런 아들과의 에피소드 하나.

여행을 다녀오고 난 8월의 어느 날, 2주 뒤면 학교에 가야 하는 아들이 요즘 너무 노는 것 같아 아침에 좀 혼냈다. 자기 말로는 '나는 아빠가 없을 때만 공부해요'라고 하지만, 퇴근 후에 보면 아 저놈은 언제 공부하지…. 하는 걱정이 앞선다. 그래서 나도 보던 TV를 끄면, 제 방으로 들어가 조금 있다가 불을 끈다. 자는 것이다. 물론 한국의 친구들 아이처럼 학원에 찌들어 어린 나이에 너무 늦게 자는 것도 문제지만 그냥 이래도 흥 저래도 흥 하는 식으로 계획 없이 사는 건 좋지 않은 습관으로 이어지고, 어린 시절 가장 중요한 게 습관인데 이렇게 지내면 안 될 것 같아 싫은 소리를 좀 했다.

물론 이렇게 말하고 나오면 늘 그렇지만 마음이 안 좋다. 조금 더 차분히 친절하게 얘기해줄 것을 왜 그리 소리를 지르고 그랬을까…. 라고 생각하다 보면 미안함과 안타까움이 섞여 출근길 내내 발걸음이 무겁다. 나 때문에 무거워져 있을 집안 분위기를 생각해도 그렇고, 나는 가장인데 가장이 분위기 메이커 역할을 안 하고 이 모양이니…. 그냥 놔두는 게 낫지 않을까. 어떻게 해서든 저도 살아갈 텐데. 그가 살아갈 세상은 나와 다른데. 30여 년 전, 이렇게 내가 스웨덴에서 살지 꿈에도 몰랐던 것처럼 그의 인생은 어쩌면 지금처럼 공부할 필요가 없을 수도 있는데. 모를 일이다.

점심때가 다가오면서 '시무룩해 있을 때 전화라도 좀 해줄까. 아니야, 이제 좀 컸는데 오히려 아침엔 혼내더니 점심엔 장난하냐고 생각하지 않을까' 여러 생각들이 교차한다. 밥을 먹으면서도 기분은 약간 우울하다. 집에서라도 좀 행복해야 하는데. 갑자기 피로감이 몰려들어 소파에 기대어 보는데….

갑자기 아들에게 전화가 왔다.

"아빠, 점심 드셨어요?"

"어, 아들이 속을 썩여서 안 먹었어. (잘한다. 애가 전화했는데)"

"그래? 나도 힘들었어. 오전에 엄마도 도와주고, 공부도 하느라고."

"니가 뭘 공부했다고 그래?"

"아니야 했어. (그러곤 제 책상에 있는 대로 책을 널려놓고 사진을 찍어 보낸다)"

"그래? 그럼 오늘 아빠가 퇴근하면 뭘 공부했는지 시험을 보도록 하겠어요."

"안돼!"

"안 한 게 들통나면 혼내려고 회초리도 다섯 개나 준비했어요."

"으악!"

나 같으면 온종일 우울했을 것이다. 아버지가 전화해도 받지 않거나 시무룩했겠지. 그런데 아들은 나에게 먼저 전화를 건다. 그리고 밥 먹었냐고도 물어본다. 딸도 이렇게

까지는 하지 않을 것이다.

아들의 목소리는 쾌활하기까지 하다. 전화 통화를 하고 나니 기분까지 좋아지는 것 같다.

아들은 정말 나와는 다른 것 같다. 그런데 나보다 훨씬 나은 삶을 살 것 같다는 생각이 든다.

뭐라고 표현할 수 없는 그의 활달함, 회복성, 친근함과 사교성. 저런 것은 누가 가르쳐서 될 것도 아닌데, 그의 살아가는 방식은 나보다 훨씬 나은 것 같고, 그래서 그는 더 많은 사람과 어울려 살아갈 것 같다.

나는 어느새 아들에게 위로받고 힘을 받는, 오히려 아들보다도 못한 아버지가 되었다. 아들이 내 인생의 생명줄인 것 같다.

꽃길로 빠졌던 한 시간의 궤도 이탈은 끝났다. 계획했던 여행이 1이었다면, 나는 이후 일정이 1+1이 될 수 있겠다는 생각으로 다음 목적지를 향해 떠나면서, 문득 35년 전 그 미술 시간이 생각났다.

옛날에 '김' 그림을 그렸던 친구에게, "야, 멋진데! 나 같으면 흰 물감으로 점을 찍어 김 위에 뿌린 소금도 표현했을 거야. 초현실주의 아니냐!"라고 하면서 나도 그와 미술 선생님과 함께 천재 대열에 포함될 수 있지 않을까 하는 상상을 하면서.

참사관님, ☺ 입니다.

대사관 발코니에 쌓인 눈으로 빙수 만들어 먹던 시절과
뜻대로 되지 않는 몸뚱아리를 원망해하며 탁구대에 공 튀기던
시간들을 지나
어느덧 작별의 순간이 왔네요.
지난 3년간, 아니 사실은 그보다 더 오랜 기간 묵묵히 일하시면서
아마 얼굴 붉힐 일도 참 많으셨겠지요.
그럼에도 제 기억 속 참사관님은 늘 쑥스러워하는 웃음을 가지신 분으로
남을 듯 해요.
작지만 반짝거리는 마음의 가치를 알고,
이를 나누실 줄도 아는 참사관님과 스쳐갈 수 있어
저는 정말 행운입니다.
먼 곳 가셔서도 유쾌함 잃지 마시고, 지치실 땐 스웨덴의
평화로운 호숫가와 지평선에 걸쳐 내리쬐던 햇살을 생각해주세요.
가벼운 눈웃음과 잊어도 좋을 약속은 제게 너무 어려운 것이지만,
다시 뵙게 될 그 날을 기약하며
기쁘게 보내드립니다.
참사관님, 고생 많으셨어요.
늘 건강하시고 행복하세요.

— ☺ 올림 —
생막인, [illegible]

ps. 글씨가 너무 작아 죄송합니다!

MZ 세대 직원으로부터 받은 카드. 스웨덴 생활을 마치며 받은 가장 소중한 선물이기도 하다.

10000년에 걸쳐 올라가는 산

결혼을 늦게 하다 보니 두 살 위의 형도 딸이 대학을 졸업했고 대학 동기 중에도 군대를 제대한 아들이 있는데, 나는 하나 있는 아들이 이제 한국 나이로 중1이다. 하지만, 그래도 훌쩍 커버린 아들을 보면 아니 언제 저렇게 컸지? 하는 놀람과 동시에, 나 또한 거울에 비친 모습이 싫고 언젠가 사진을 같이 찍으려면 그렇게 싫다고 하던 선배들처럼 변해있음을 느낀다. 내가 바라보는 객체들의 변화에는 그렇게 놀라면서, 정작 내가 서서히 나이를 먹었다는 사실은 모르고 지내왔다.

차는 어느덧 첫 목적지인 Skuleberget에 도착했다. Skuleberget은 'Skule의 산(mountain of Skule)'이라는 뜻인데, 'Skule'이 과거부터 이 일대를 일컫는 지명이라고 하나 그 기원에 대해서는 여러 가지 설이 많지만 명확한 근거는 없다. Höga Kusten에 있어 상징적인 가치를 지니고 있어 1969년 자연보호구역으로 지정되었는데, 우리나라 제주도의 산방산과 비슷한 형태를 가지고 있다.

스웨덴의 국립공원이나 자연보호구역에는 Naturum이라고 전시와 체험을 동시에 할 수 있는 방문객센터가 있는데, 여기에는 해당 지역에 대한 자세한 설명이 나와 있다. Skuleberget 아래 위치한 Naturum Höga Kusten도 Skuleberget을 포함한 이 지역의 형성 과정을 자세히 설명하고 있어, 지구가 바로 살아있는 생명체라는 걸 새삼 느끼게 해 준다.

빙하시대 이 지역에 얼어있던 빙하의 높이는 최대 3km에 달해 지표를 누르는 힘이 상당했다고 한다. 이후 10500년 전 빙하가 녹기 시작하면서 누르는 힘이 줄어들자, 그 반발력으로 지표가 조금씩 올라오기 시작했다고 한다.

우리가 고무공의 표면을 눌렀다가 손을 떼면 표면이 올라오듯이, 당시 해발 9m에 불과했던 섬은 계속 솟아올라 현재 295m의 산인 Skuleberget이 되었다. 높이 295m 중 원래 높이였던 9m를 뺀 해발 286m 지점은 과거 해안선이 상승한 높이로는 세계 최고 기록이기에, 이 일대를 높은 해안선이라는 뜻인 'Höga Kusten(영어로 High Coast)'라 명명하게 된 것이다. 연구에 따르면 지금도 Skuleberget은 매년 8mm씩 상승하고 있고 이는 여전히 세계에서 가장 빠른 속도이며, 앞으로도 100m 더 솟아오른 뒤 그 상승을 멈출 것으로 보고 있다.

과거 해수면에 접하고 있어 바닷가였던 부분 중 파도로 침식된 동굴이 산 중턱에 자리 잡고 있다. 정상 인근에는 빙하시대 퇴적물인 빙적토(氷積土, 우리가 잘 아는 생수인 '에비앙'은 알프스산맥의 빙적토를 거치며 정화된 물로 알려져 있음)와 그로 인해 조성된 숲이 있지만, 그 아래인 중간 부분은 돌덩이로 구성된 'Kalottberg(스웨덴어로 해골 모자 - 영어로 skullcap, 테두리 없는 모자 같은 산이라는 뜻)'의 특이한 형태를 띠게 된다.

유네스코는 Skuleberget를 포함한 Höga Kusten의 가치를 인정하여 2000년 세계자연유산(natural heritage site)으로 지정했으며, 이는 스웨덴의 15개 유네스코 지정 세계유산(문화유산 13, 자연유산 1, 복합유산 1) 중 유일한 자연유산이다.

Naturum에서의 학습을 마치고 다음 목적지로 바로 이동할까 하다가 온 김에 Skuleberget 정상까지 가보자는 생각이 들었다. 지금 하고 싶고, 다시 또 여기 올 기회는 거의 없을 테니까. Naturum의 가이드는 정상에 이르는 코스가 세 개 있는데 오늘은 비가 와서 경사진 곳은 미끄러우니 완만한 곳으로 올라가라고 했지만, 빨리 가고 싶은 마음에 가장 최단 거리로 가기로 했다.

"참사관님, 누가 먼저 올라가나 내기할까요?"

중고등학교 때 살던 집이 서울의 동쪽 끝 아차산자락이라 내 이름이 태진인지 타잔인지 구분이 안 될 정도로 산을 타는 데는 선수였으나, 30년이 흘러 띠동갑인 이 친구와 어찌 시합을 할 수 있으랴. 그러라고 말은 했지만,

Skuleberget 등반 - 처음엔 날던 그의 모습은 이렇게 처참히 무너져 갔다.

나이를 생각해서 그의 뒤를 따라가기로 했다. 근데 웬걸, 그는 생각보다 일찍 방전되어 헉헉대고 있었다. 아 진짜 내기할걸….

사실 올라갈 때 빨리 정상을 찍고 내려가서 다음 목적지로 가려고 했으나, 점점 여기나 제대로 보자는 생각으로 바뀌고 있었다. 몸도 잘 받쳐주지 않았지만, 295m밖에 안 되는 이 산이 주는 매력에 빠져가고 있었기 때문이다. 작은 산임에도 불구하고 오를수록 탁 트인 시야가 마치 짝퉁 피요르드 같다는 생각이 들기도 했고, 만 년이 걸려 솟아올랐다는 이 정상을 너무 쉽게 오른다는 것이 이 산에 대한 예의도 아닌 거 같았다.

산 중턱에 있던 동굴에서 쉬었다 가고 다시 오른 정상 산마루에서 잠시 생각할 시간을 가졌다. 그래, 천천히 살자고 해놓고 또 빨리 정상에 올라갔다가 내려갈 생각을 했었구나. 왜 자꾸 이런 생각을 버리지 못하는 걸까. 만년이 걸려 올라간 이 산, 또다시 수천 년에 걸쳐 올라갈 이 산이 보기에, 나의 인생은 너무나도 짧게 스쳐 가는 바람뿐일 텐데.

잠시간의 휴식이었지만, 스웨덴에 오고 2년 동안 지내왔던 시간이 스쳐 갔다.

한두 달 사이에 눈에 실핏줄이 네 번이나 터지도록 일했고 온종일 스웨덴 사람들을 쫓아다녔지만 아무 소득도 없이 빈털터리로 사무실에 돌아오던 날. 일한답시고 아들 학교도 못 구해 6개월간 아내가 아들을 데리고 왕복 4시간의 등하굣길을 데려다주게 했던 못난 가장. 온종일 사무실에서 혼자 일하다가 퇴근해서 저녁에 정신을 잃을 만큼 술을 마시고 집에 오던 날. 좋은 날도 좋은 기억도 많았지만 왜 이런 날 이런 곳에서는 자꾸 이런 기억만 떠오르는 걸까. 동행하는 이가 있어 겉으로는 웃지만, 심경은 복잡하다.

출발하기 전에 읽었던 기사에서 배우 윤여정 씨는 이혼 후 절박한 상황에서 어떻게든 열심히 하려고 노력했지만, 잘 되진 않았다고 했다. 당장 아이들을 먹여 살려야 하니 "물불 안 가리고 닥치는 대로" 일을 했는데, 특히, 그녀를 힘들게 했던 건 이혼 후 복귀했을 때, 세상이 바라보는 시선이었다고 한다. 당시를 회상해보면 서러움 그 자체라고 말한다.

나도 살면서 억울하고 서러운 일들이 너무나 많았다. 내 잘못이 아니지만, 나에게 주어진 일은 부정적인 걸 넘어서, 자신을 무너지게 해버린 적도 있었다. 상처받았고 힘들다며 누구에게 기대고 하소연할 수 있다면 얼마나 좋을까 하는 생각도 가져보았다. 하지만, 세상은 잔인할 때면 그 무엇보다 우리에게 차갑고 냉정하다. 서러움이 넘쳐나고 억울하고 심지어 힘들기까지 한데, 기댈 사람이 없고, 기댈 곳도 없다. 배우 윤여정의 절박한 상황도 그러지 않았을까.

그 당시 그는 '집 - 일'만 반복하면서 살았다고 한다.

윤여정은 "세상은 서러움 그 자체고, 인생은 불공정이고 불공평이다."라고 말했다. 힘든 시절을 견뎌내는 법? 그런 건 없는 것 같다. 안타깝게도 누구도 그 시련을 대신 겪어 주지 않는다. 너무 절망적인 날들이 연속이다. 이런 상황에서 어떻게 할 수 있을까? 이 악물고 견뎌야 한다. 견디다가 힘들어서 무너져도 다시 버텨야 한다.

82년생 김지영이라는 영화가 여자로 산다는 걸 표현해 많은 이들의 공감을 받았지만, 그에 못지않은, 오늘도 겉으로는 웃어야 하는, 중년 남자들은 이렇게 공허함을 달랜다. '건축학 개론'이 90년대 초반 대학 시절을 보냈던 내 또래들에게 많은 추억과 공감을 주었다면 이제는 울고 싶어도 울지 못하고 어떻게 될지도 모를 끝을 향해 계속 걸어가야 하는 무감각해진 중년 남자들을 위한 영화나 소설도 하나 나와주었으면 좋겠다. 73년생 박태진. 내가 한 번 써볼까.

어느덧 이 산에서 거의 세 시간을 소비하고 있다. 다음 목적지에 가는 것은 이미 글렀고, 다시 하산해서 주차장으로 가 숙소를 찾아가는 데도 한참 걸릴 것 같았다. 아, 시간 관리를 잘못했네. 언제 내려가서 숙소를 찾아가냐. 밥도 해 먹고. 참, 다리도 인제 좀 후들거리는 것 같다.

어찌하다 보니 하산은 했고 앞에 호수를 따라 걷다 보면 인가가 나오겠지 하는데, 어? 숙소인 캠프장이 바로 산자락 아래인 게 아닌가? 나도 모르게 웃음이 나왔다. 괜히 걱정했네! 인생이 늘 그렇다. 한 치 앞을 못 보기도 하지만, 한 치 앞을 지나면 해결되기도 한다. 하여간 얼른 숙소를 확인하고 주차장까지 걸어가(이게 좀 길었다. 한 20분?) 차를 끌고 읍내 슈퍼로 가서 저녁거리를 사 밥을 해 먹고 나니 조금 안도가 된다. 근데 캠프장의 방갈로다 보니 조리할 수 있는 인덕션만 있지 난방시설은 없어, 잘 때 춥겠다는 생각이 들었다.

"아 그건 이렇게 하면 됩니다."

같이 간 직원이 냄비에다 물을 끓이기 시작했다. 잠시 후 수증기가 두 평 남짓 방갈로 안을 채우면서 따듯해지기 시작했다. 이야~ 괜찮은데! 역시 젊은 사람들이 캠핑 경험이 많으니 다르긴 다르구나!

슈퍼에서 사 온 것으로 저녁을 해 먹고 설거지까지 마친 뒤, 둘 다 이층 침대로 들어갔다. "저는 야구 중계 좀 들으면서 잘게요~"라는 말과 함께 누웠던 시몬 씨는 잠시 후 코를 골며 곯아떨어졌다. 눈을 감고, 나도 간만에 스마트폰에 저장해 놓은 유머 시리즈를 킬킬대고 보면서 스트레스를 풀다가 눈이 아파서 이윽고 잠을 청하며 생각했다.

Skuleberget이 아무도 모르게 올라간 것처럼 나도 서서히 나이를 먹는다는 사실은 모른 채, 어느덧 이렇게 시간이 흘렀다.

지난날들이 손에 잡힐 듯 생각나는데, 눈물이 날 것 같다. 그래, 이 나이가 참 우울하기도 하고, 걱정이 많은 나이인 거 같아. 근데 아까 멀기만 할 것 같던 하산 길에 숙소도 찾고 떨고 잘 줄 알았던 방갈로에서도 이렇게 따듯하게 잘 수 있잖아. 앞으로 내 인생도 그럴 거야.

내일 생각지도 못한 행운이 올 수도 있고, 그러기에 이렇게 웃으면서 잘 수 있는 거지. 설령 어떻게 될지 몰라도.

지친 하루 끝에 나를 웃게 해 줄 이는 이제 나밖에 없다. 아마 그날, 나는 희미하게 웃는 얼굴로 잠들었을 것이다.

감사해.
오늘 하루.

[내가 쓴 유머를 읽는 이유]

사람은 태어날 때부터 한 가지씩 재주를 타고난다는데, 나는 어릴 때부터 남을 웃기는 소질이 좀 있었다. 내가 웃기는 스타일은 내 얼굴이 아주 우스꽝스러운 정도는 아니라 이주일이나 심형래의 슬랩스틱 코미디라기보단, 김병조나 주병진식 개그에 가까웠고, 전유성의 개그를 지향했지만, 너무 심오해서 미치질 못했다.

나의 유머에 대한 반응은 대부분 멀쩡하게 생긴 놈이 웃기는구먼. 정도였다. 약간의 거짓말을 섞어 얘기하면 하굣길에 같이 오던 친구들은 제집 방향도 모르고 듣다가 우리 집까지 따라올 정도였고, 나 또한 애들 웃기는 걸

즐겼던 거 같다. 친구 중에 개그 소재로 삼을 만한 놈들도 많았고 웃기는 데 빼어난 기량을 가진 놈들도 많아 굳이 주변에서 소재를 찾을 필요가 없는 생활형 유머가 주 종목이었다.

다만 유머가 넘치는 생활이라면 늘 즐거운 일이 많아서 그런가보다 라고 생각하겠지만, 역설적으로 즐겁지 않은 경우가 많았기에 유머가 많았던 거 같다. 같이 웃겼던 친구들도 풍족한 환경은 아니었지만 그런데도 웃음을 잃지 않는 이들이었다. 유명한 개그맨들 보면 어두운 기억들이 많듯이. 그런데 그때는 그들이 나에게 어떤 의미인지 잘 몰랐었다.

시간이 흘러 내가 유머에 관한 생각을 다시 갖게 된 것은 처음 파출소장을 하던 때였다. 98년 9월 스물다섯이 채 되지 않은 나는 서울과 접경인 구리시의 한 파출소장으로 부임했다. 이제 막 도시가 개발되는 지역과 구도심, 주택가와 사창가를 포함한 유흥가, 군경합동검문소, 국가중요시설, 나이트클럽, 술집, 산동네, 서울에서 넘어오는 폭주족까지. 모두가 피하던 1번 파출소. 발령받던 날 상사였던 방범과장님이 해주던 말씀이 생각난다.

초급 경찰 간부 시절 - 앞줄 가운데가 나.

"그러니까 젊은 네가 가야지."

다행히, 직원분들은 참 좋았다. 어려운 파출소라 소위 배경 없는 젊은 직원들이 많았는데, 그런데도 늘 웃으면서 지냈다. 직원 중에는 나중에 방송에 소리꾼으로 소개되시거나 대학교수까지 되신 분도 있었다. 30을 막 넘은 젊은 경찰이었던 그분들도 어느덧 중년이다.

하지만, 매에는 장사가 없다는 말처럼, 계속되는 업무와 쉽 없는 근무는 심신을 지치게 했다. 1998~99년은 IMF 구제금융으로 말 그대로 민심이 흉흉했고, 관할지였던 아차산에는 극단적인 선택을 하는 이들도 많았다. 거의 한 달에 한두 번꼴로 형체를 모르게 부패한 망자까지 대면하는 건 알게 모르게 나의 영혼을 갉아먹는 것 같았다. 한 달에 네 번 정도 주어지는 휴무 날에는 한강시민공원에 가서 혼자 쓰러질 때까지 농구도 해보고 집 근처 유명한 사찰에 가서 108배도 해보고 도서관에서 조용히 고전도 읽어보았지만 아무 소용이 없었다.

그러던 어느 휴무 날 친구를 만나기로 한 대형 서점에서 이 책 저 책 보다가 구석에서 어떤 이가 킬킬대는 소리를 들었다. 뭔 책을 보고 저렇게 좋아하는지 보니, 당시 유명했던 최불암 시리즈를 보고 혼자 웃고 있는 것이었다. 얼마나 한심해 보이던지…. 그러다 친구가 30분 늦는다고 연락이 와서 다른 책을 보려다 나도 그 최불암 시리즈를 보면서 시간을 보내기로 했다. 잠시 후, 도착한 친구가 내게 말했다.

"너 뭔 책인데 그렇게 침 흘리면서 보는데?"

친구와 식사하면서 초급간부로서 겪는 사회생활의 어려움 등등 말로 털어놓지 못할 고민을 나누다 보니 속은 후련

했는데 거기까지였다. 그래서 아까 본 것 중 하나를 농담 삼아 말하고 같이 미친 듯이 웃었다. 그러니 친구도 자기도 몇 개 안다면서 얘기해주니 또 피식거리며 나 또한 몇 개를 얘기했다. 헤어질 시간이 돼서 인사를 나누며 얘기했다. "야, 다음에 더 준비해서 오자."

집으로 돌아오는 지하철에서 여러 생각이 들었다. 머리가 시원했다. 그 생각을 하면 더 재밌었다. 혼자서도 킬킬대니 주변 사람들은 이상하게 쳐다보았지만, 나는 좋았다. 그래서 느꼈다. 이렇게 사는 것도 재밌네.

이후로 나는 유머책이라는 것도 몇 권 봤는데 생각보다 별로 재미가 없었다. 차라리 주변에 웃기는 사람들이 더 많은데? 하는 생각에 그런 일이 있을 때마다 조금씩 적어 놓고 혼자 보기도 하고 직원들과 함께하기도 했다. 결과는 아주 좋았다. 크게 준비할 것도 없지만 중간중간 서로 나눈 유머는 윤활유 같았다.

몇 개 공개하자면,

[전공]

친구 만나러 간 식당 옆자리에 맞선보던 남녀가 식탁 위에 깔린 종이를 보며 하는 말.

ㄱ: 식당 이름이 '쉬누'네요. 불어로 우리 집이란 뜻이랍니다.
ㄴ: 아… 대학 때 불어 전공이었는데 몰랐네요.
ㄱ: 그럴 수도 있죠 머…
ㄴ: 그래서 누가 전공이 뭐냐고 하면 체육이라고 해요. 전공이 불어이신가 봐요?

ㄱ: …체육입니다…

[양보]
어제 숙직하고 퇴근하는 바람에 지하철에 타자마자 눈 감고 잤다. 어반자카파의 노래를 들으며 편하게~ 근데 자다가 눈을 떠보니 배가 좀 나온 여자가 내 앞에 서 있었다. 아차 하는 생각이 들었다.

"여기 앉으세요. 죄송합니다."
(물론 내가 임산부 보호석에 앉은 건 아니다)

여자가 좀 난감해하더니,

"아니에요…

"피곤해서 몰랐어요. 얼른 앉으세요."

"…"

마지못해 그 여자가 앉자, 잠시 후 그 여자 친구인 듯한 사람이 다가와서 속삭이는 게 들렸다.

"그러게 이년아, 살 빼랬잖아."

[비밀번호]

사는 빌라 건물 옥상에 이상한 애들이 자꾸 다닌대서 입주자 대표가 출입문에 도어록을 달았다. 집사람은 "가온이 아빠, 비밀번호는 오빠 친구 5879래. 재밌지?"라고 했다.

주말 오전 내내 자다 일어나니 아내가 옥상 가서 빨래 좀 널라고 해서 올라갔는데, 문을 열려고 하니 아무리 해도 안 열린다. 다시 내려와 "야 문 안 열리네"라니까 집사람이 같이 올라갔다. 나보고 다시 해보라고 해서 알려준 대로 하니 집사람이 인상을 찡그리더니,

"야, 내가 오빠 ×팔 5818이라 캤나?

[10월 2일(일) 연휴를 앞두고 적은 단상]
단군 할아버지 너무 고맙다.
4천 년 전인데도
어떻게 내일 개천절이 월요일인 줄 아셨을까.
잘 쉴게요. ㅠㅠ 감동감동

[축약의 달인]
같은 사무실에 있는 조금 나이 드신 동료분이 질문을 했다.
동료: 실장님, 저번에 어떤 국장님이 갈비탕이 그렇게 맛있다는 데가 어디라고 했죠?
나: 아, '예촌 별관'이요.
동료: 고마워유. 예약하려는데 생각이 안 나서….

잠시 후
동료: (전화 예약) 여보세요… 거기 '별촌'이죠?

나름 웃기는 걸로 추려봤는데 이거 보고 재미없다고 생각하시는 분은… 모르겠다. 하여간 이런 유머들로 나는 재밌는 사람으로 알려지고, 많은 모임에서 화제의 중심에 설 수 있었다.

그런데 한국 사회에서 유머가 있는 사람은 종종 선호하는 신랑감, 소속한 집단에서 인기 있는 사람, 사회생활의 필수적인 요소로 언급되곤 하지만, 실제로 보면 그게 얼마나 적용되는지 모르겠다. 개그맨이나 코미디언들도 아주 극소수의 사람들이 화면을 독점하지, 나머지 사람들은 근근이 살아가는 것이 현실이고, 특히 나이 들어갈수록 높은 직급이나 부자가 아닌 이상 '실없는 사람'으로 비치기에 십상이다. 요즘 세상이 많이 변했다고 하지만 여전히 한국 사회에서 유머는 서양에서의 그것과는 조금 다른 것 같다.

젊은 시절, 유머는 내성적인 나를 외향적인 나로 바꿔주는 마법과도 같았다. 남들처럼 그렇게 사교적이지 않았기에 내가 사람들에게 먼저 다가가 적극적으로 인연을 만드는 사람은 아니었지만, 신은 그런 나에게 유머 감각이라는 좋은 무기를 주었다. 직장 동료들은 그냥 샌님 같은 사람인 줄 알았는데 의외로 재밌네? 하면서 즐거워했고, 어느덧 나에게는 생각보다 재밌는 사람이라는 명찰이 붙게 되었다. 모임이 있으면 그런 사람들이 있지 않은가? 자신의 유머로 사람들을 한번 웃겨보려는, 그리고 그 웃음에 희열을 느끼는 그런 사람들.

생활 유머를 표방하던 나였지만, 그래도 넘쳐나는 수요를 충당하기 위해 과외(?)도 병행하는, 그래서 각종 유머난을 섭렵하고 거기에 핵심 사례들을 수집해 써먹다가, 페이스북에 올리기도 하고 동문회 사이트에 올리기도 하고 아예 연말에는 '2016 박태진 유머집'이라는 식으로 만들어 지인들에게 뿌리곤 했다. 사람들의 반응은 열광적이었다.

그렇게 살다가 진급했고 나는 충청도의 한 군 단위의 작은 3급 경찰서 지구대장으로 발령받았다. 조선일보에 '한국의 오지 10곳'에 선정될 정도로 시골이었던 거기는 관리자 입장인 내가 웃기고 그럴 곳이 아니었다. 물론 주변에 여전히 웃기는 사람들이 많기는 했다. 충청도는 충절의 고장이자 우리나라를 대표하는 코미디언들의 고향 아니던가.

예를 들면 어떻게 알게 된 권투선수에게 충청도 사람들이 느린데 어떻게 그렇게 권투를 잘하냐고 물으니, "경상도 나 전라도는 세 마디하고 주먹 한 번 나가지만 우리는 한 마디 하고 세 대를 패유~"라고 하질 않나, 관내 스님에게 "저 남쪽 천성산에서 터널을 뚫느냐니까 도롱뇽이 죽는다고 한 스님이 단식하시던데 스님도 '단식'을 가끔 하시나요?"라고 여쭤보니 스님께서 "음… 저는 '과식'을 하지요~"라는 둥….

주변에 재밌는 사람들이 있어 웃기는 했지만, 직급이 올라가고 나이가 들면서 점점 유머나 재밌는 사람이란 캐릭터는 불필요한 명찰이 되어간 것 같다. 그렇게 웃길 만큼 한가한 것도 아니고, 더구나 12년을 일한 직장에서 전혀 다른 직장으로 옮기게 되면서 그런 것은 더욱 멀어져 간 것 같다. 살아남기도 바빠죽겠는데 무슨 유머냐… (물론 가끔가다 전에 웃겼대매요. 하며 물어보는 직원들이 있으면 좀 당황스럽긴 하나….)

그러다 중년이 되었다. 이제 사무실에는 나와 20살 차이가 나는 직원도 있다. 가끔 뭐 왼쪽 머리 위에 검은 악마가 날아와서 '이 친구들하고 나하고도 별 차이 안 나는 거 아냐?' 생각하다가도, 오른쪽 머리 위에 하얀 천사가 날아와서 '허이고, 그렇게 치면 당신은 스무 살 위인 분들하고도 차이가 안 나나요?'라고 현타를 맞아야 정신을 차린다. 더군다나 요즘은 세태가 더 빨리 변하지 않나? 그러니 주변에서 그런 걸 깨닫지 못하고 아재 개그를 하다 무참히 짓밟히는 동년배들을 보면 안타까울 따름이다. 특히 썰렁하다 못해 주변까지 결빙시키고 쓴웃음과 함께 장렬히 전사하는 양반들을 보면 분노를 넘어 애처롭기까지 하다.

나이가 든다는 것은 많은 것이 달라지고 사라지는 것이다. 건강도, 친구도, 그리고 나를 둘러쌓았던 유머들도. 그러던 어느 날 집에 있는 외장하드에 파일을 저장하다가 유머를 모아둔 폴더를 찾았다. 지울까? 하다가 죄다 문서파일이라 저장해 놓은 동영상파일 1개의 1/10도 안 되는 용량인데… 라는 고민 끝에 한번 보고 지우기로 했다. 조삼모사 시리즈 등등, 그림파일까지 뒤져가면서.

결과는… 한참 신나게 웃었다. 25년 전 한 대형 서점에서 친구를 기다리다 집어 든 유머집에 혼자서 낄낄대는 나를 보고 친구가 물었듯 아내가 "뭘 보고 그렇게 웃어?"라고 물었다. 그러고는 와서 같이 웃었다. 예전에 모아 두었던

1. 토끼와 곰이 나란히 대변을 보고 있었다..
한참 대변을 보구 나서 곰이 옆의 토끼에게 말했다..

곰: "넌 털에 똥이 묻어두 괜찮니???"
토끼: " 응 괜아나~~"

그러자 곰은 토끼를 집어 똥을 닦았다.

2. 옛날부터 일본에는 전설이 하나있어.
자나오쿠 현이라는 곳에는 하늘에 닿는 나무가 있는데그 나무에는 100년 만에 한 마리씩 태어난다는 하얀 독수리가 살고 있었다. 그 독수리의 발톱을 칼로 베는사람은 일본 최고의 무사라하는 전설이 있었다...
에도 막부시대때 최고의 무사라고불리던 도쿠가와가 그곳을 찾아갔다...그러나 독수리의 발톱을 베는데 실패했다. 그리고 300년후 하산지 막부시대때 약관의 젊은나이로 일본무림계를 평정한 미야모또 무사시 그 역시 전설의 고수가 되기위해서 그마을을 찾아갔다... 그러나 그도 역시 독수리의 발톱을 베는데 실패했다.

다시 100년후 허름한 무사 하나가 그 나무를 찾아왔다. 그리고 3년을 나무밑에서 기다렸다.
그러던 어느날 .... 독수리 날개소리가 하늘에서 들려오자 무사는 나무위로 학 처럼 뛰어 올랐고 칼을 뽑아 독수리의 발톱을 자르는데 성공했다. 마을사람들은 모두 그에게 절을 했고 그는 일본역사상 가장 뛰어난 무사라 칭해진다...지금도 일본에는 그의 이름이 입에서 입으로 전해져오니...그의 이름은?

쓰메끼리 !!

3. 마지막 티코 시리즈
가. 티코가 갑자기 섰을때 조치 사항 : 시골길 주행중이었다면 내려서 거미줄을 치우고 간다.
문방구에서 건전지를 사다가 끼워 본다. 그래도 안되면 뒤로 당겼다가 놓아 본다.
나. 어느날 주차를 하려고 주차장에 들어오던 티코가 갑자기 뒤집어졌다. 왜 그랬을까?
-옆에서 아이들이 딱지치기를 하고 있었다.

4. 오늘 회사에서 짤린 송xx 씨는 술을 마시며 각 회사에 원서를 냈다.....
그러나... 다른 곳은 한군데도 오라는 소리가 없고 단지 xx동물원에서만 오라고 하였다...
송xx 씨는 잔뜩 기대에 부풀어 xx동물원으로 향했다... 그런데 일이라는 것이 고릴라 가죽을 뒤집어 쓰고 우리안에 있는 것이었다 관계자는 "그 고릴라가 가장 인기가 있었는데 죽었다"고 한다

할수없이 그일을 하고 있는데 구경꾼들이 과자를 던져주기 시작했다
첨엔 존심이 상해 먹지 않았으나 배가 고파져 주는것을 받아먹으니 사람들이 박수를 치기 시작했다...

그리고 한참이 지나 심심해졌다... 위를 보니 그네가 있어 그네를타니 사람들이 박수를 쳤다
그러나 실수로 사자 우리로 떨어지고 말았다. 그래서 "사람살려" 라고 할려구 했는데

사자가 다가와 하는 말

"니가 말하면 나도 짤려"

박태진 유머집 - 이런 걸 만들어서 지인들에게 돌릴 때도 있었다.

유머가 시간이 지난 지금에도 나에게 마른 나무에 떨어진 물기처럼 잠깐의 여유를 만들어준 것이다.

그런다고 중년이 된 내가 이 유머를 들고 사람들 앞에 나설까? 센스도 그때만큼 못하겠지만 시대가 지난 유머에 웃을 사람들은 내 또래에서조차 찾아보기 힘들 것이다. 하지만 달라진 건 있다. 전에는 주변 사람들을 웃기려고 유머를 모았다면, 이제는 뒷전이었던 '나'를 웃기기 위해 보면 되는 게 아닐까. 가장 중요한 관객인 나를 웃기는 일은 썰렁하니 마니 눈치 볼 것도 없고 나도 즐거우니.

나만을 위했던 유머가 요즘은 좀 더 버전 업이 되었으니 바로 '고의로 아재 개그 하기'다.
주 희생양은 아들인데 예를 들면 이렇다.

"아빠, 말할 거 있어요."
"그럼 '소' 해"
"에?"
"'말' 하지 말고, '소' 하라고."
"아빠…"

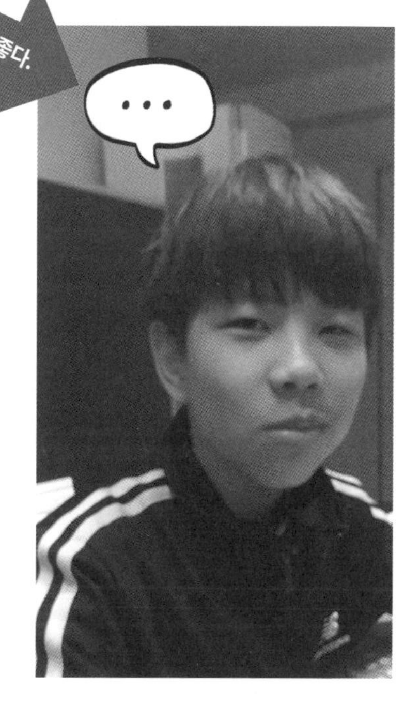

아들 이모티콘 - 이젠 이런 게 너무 좋다.

“아빠, 모(뭐) 드실 거예요?”

“나? ‘육’.”

“아빠…”

“아빠, ‘내’일 뭐 할까?”

“‘니’일 해”

“아빠…”

처음에는 그냥 썰렁하라고 했는데 계속하니까 재밌다. 아들의 어이없는 모습을 보면 그 모습이 더 재밌다고나 할까? 그걸 캡처해서 이모티콘도 만들어보고, 카카오톡으로 보내기도 한다.

남을 웃기다가, 나를 웃기는 게 좋다고 했다가, 이젠 남을 희생양 삼아 아재 개그로 나의 재미를 찾는 건 너무 이기적인 것일까? 그래도 좋다. 웃을 수만 있다면.

p.s. 물론 양심은 있어서 직장에선 안 한다.

Stone field -
내 주위를 둘러싼 돌밭들

밤새 비가 많이 왔다.

하지만 늘 그렇듯, 아침에는 싹 개어있었다.

날은 쌀쌀하지만, Höga Kusten의 최종 목적지인 Skuleskogen 국립공원의 Slåttdalsskrevan 협곡을 보러 간다는 생각에 가뿐히 짐을 꾸리고 일어났다. 가는 길은 어제와 마찬가지로 고요했다.

20분이 지나 Skuleskogen의 남문에 도착했다. Skuleskogen은 1984년 스웨덴의 19번째 국립공원으로 지정되었으며, 'Skule의 숲(forest of Skule)'이라는 의미처럼 울창한 숲을 자랑한다.

Skuleberget과 함께 Höga Kusten의 상징적인 산악지대로 9천 년 전부터 융기하기 시작했으며, 당시 빙하를 따라 해안선에 남아있던 빙퇴석(moraine)과 빙력토(氷礫土, till)는 식물이 자랄 수 있는 좋은 퇴적 토양을 만들어 현재의 울창한 숲을 이룰 수 있었다고 한다.

아주 오랜만에 한국의 등산로를 걷는다고나 할까. 형과 걸었던 서울 둘레길도 생각나고 아들과 아내와 함께했던 아차산 등산로도 생각났다. 앞에 가는 가족을 보니 그런 생각이 더 들었지만, 울창한 숲이 주는 분위기에 흠뻑 빠져 보기로 했다. 아무 생각 없이 걷는 산길, 힐링 그 자체였다.

잠시 후, 길은 점점 험해졌다. 본격적으로 산이 시작되나 보다.

경사가 시작된 지 얼마나 지났을까. 산 중턱에 눈이 휘둥그레지는 광경이 펼쳐졌다.

"이게 뭐지?" 하는 말이 저절로 튀어나온 그것은 엄청난 돌무더기였다.

stone field - 산 중턱에 이런 바다 자갈이 축구 경기장보다 더 넓게 펼쳐져 있었다.

'Stone fields'라고 설명된 이 지대는 원래 빙하가 녹으면서 길고 얕은 만이 형성되었던 곳이라고 한다. 즉 과거에 바닷가였다. 그 옛날 파도에 깎여 동글동글한 조약돌 모양의 이 바위들은, 이 지역이 융기하면서 그 위치가 바닷가에서 산 중턱으로 올라간 것이며, 그때 바위 위에 자란 초록 이끼가 지금까지도 남아있게 되었다.

수천 년을 바위 위에 내려앉아 그런 건지, 이끼들은 절대 지워지지 않는다고 한다. 실제로 손톱으로 박박 긁어도 지워지지 않는다. 또 재밌는 건 안내판에서 설명한 대로 바위에 귀를 대보니 그 밑으로 시냇물 흐르는 소리도 졸졸졸 들린다. 이것은 지금의 민물일까, 수천 년 전부터 내려온 바닷물일까.

다시 정상으로 향했다. 길은 생각보다 길었다. 도중에 짝퉁 Slåttdalsskrevan도 만나고, 많지는 않지만, 등반객들도 만났다. 동행한 직원은 젊어서 그런지 그들과 얘기도 잘하는데, 나는 그들이 데려온 개와 더 많은 교감을 나눴다. 등산길에 만난 사람과 어색한 것은 그동안 사람들과 너무 많이 만나 그런 걸까, 아니면 이렇게 자연스러운 만남을 해 본 지 너무 오래돼서 그런 것 같다.

그래서 이제 사람보다 개가, 또는 산이 더 좋아지나보다 생각하며 말없이 걸었다. 요즘 출근해도 온종일 사무실에서 혼자 일하고 혼자 커피 마시고 혼자 밥 먹고, 그리고 혼자 일하다 혼자 퇴근하는 경우가 많은데 여기 이 산에서도 그러는구나.

예전에 어느 차관님 이임사에서 "등산하다 보면 계속 걷다가 어느덧 머리 위가 시원해지는 느낌을 받는다. 정상에 다다른 것이다. 이제 내려갈 때가 된 것이다"라는 문구가 있었는데, 나도 오늘 그런 시원함을 느끼는 순간 정상에 올랐고, 바로 옆 Slåttdalsskrevan에 도달했다.

Slåttdalsskrevan은 구글링을 해봐도 뜻이 안 나오는데, slåtter(풀을 깎다, 영어로 mow)+dal(골짜기)+skerevan(틈새)이 합쳐졌다고 굳이 추측해 보면 '깎아지른 듯한 골짜기의 틈'이라고 번역할 수 있을까? 하여간 길이 200m - 높이 30m - 폭 7m의 협곡(ravine)이며, Skuleskogen 내 Slåttberget산을 양분하고 있다. 이 또한 과거 바닷가에 접해있을 때 파도 등에 의해 침식되었을 것으로 추정한다. 실제 협곡 내 돌을 주워 손으로 힘을 주면 부스러지는 퇴적암 형상의 돌들이 널려있는데, 과거 바닷가에서 여러 물질이 퇴적되어 만들어진 것 같다.

Slåttdalsskrevan에서 조금만 올라가면 주변을 둘러볼 수 있는 장소가 있다. 다른 사람들과 함께 나도 올라가 보았다. 이렇게 높은 곳이 바닷가였다니. 이 산이 올라간 세월에 비하면 나의 인생은 찰나의 순간도 안 되겠지? 아주 오랜 과거라도 이 산이 본다면 순간의 세월일 거야. 이미

잊힌 친구들도 있고 세상을 떠난 사람도 있겠지만, 그렇게 멀지 않은 과거라면 편지라도 써보고 싶다.

Slåttdalsskrevan을 끝으로 나의 주말여행 목표는 달성했다. 어제 늦춰진 일정으로 못 볼 수도 있다고 생각했던 Slåttdalsskrevan까지 보고 나니 오늘, 네 시간 산행에 다리는 후들거려도 마음은 한결 가벼워졌다. 하산 길은 동행한 직원과 말없이 쭉 내려왔다. 이후 중간에 점심 먹은 시간을 빼고, 스톡홀름으로 돌아오는 5시간의 여정은 예전 여행과는 또 다른 느낌이었다.

[과거로 이메일 써보기]

멀지 않은 과거라면 편지라도 써보고 싶다는 생각이 실현된 것은 여행을 다녀오고 얼마 안 된 때였다. 2020년 가을 회사 내부망에 '업무용 공용메일의 서버가 꽉 차서 전산팀에서 2017년 이전 메일은 한 달이 지나면 자동으로 모두 삭제할 것'이라는 공지가 떴다. 처음 공지가 떴을 때는 너무 바빠서 지우면 지우는 거지 뭐…. 라고 생각했다가 11월 들어 숨 좀 돌릴 틈이 나니 '혹시 이전 메일 중에 지우면 안 되는 거 있나?' 하는 생각이 들었다. 하지만 실행에 옮길 기회는 없었고 그런가 보다…. 하는 생각으로 지나쳐 버렸다.

그러던 어느 주말 오랜만에 찾아온 여유를 즐기다 보니, 그래도 혹시 모르니까 예전 메일을 한 번 체크해 볼까? 라는 생각에 컴퓨터 앞에 앉았다.

2007년 10월, 새 직장으로 옮기고 부여받은 이메일은 말 그대로 이곳에서의 내 역사였다. 아, 그래 이런 일들이 있었지…. 그땐 참 미숙했고, 또 조마조마했다. 이렇게 작은 일로도 기뻐했구나. 하면서 지우고 필요한 내용은 보관함으로 옮겼다. 영어 메일로 회신받은 내용 중 써먹을 만한 좋은 문장들, 업무상 지금도 참고할 만한 내용들을 보다 보니 보관함으로 옮기는 건 전체 메일의 5% 정도에 불과했지만, 아까운 자료들이 사라질 뻔했다는 생각도 들었다.

그러다가 2007년 처음 외교부로 이직하고 모셨던 과장님과 나눈 메일 몇 개가 눈에 띄었다. 아무래도 첫 과장님이었으니 기억이 선명하지만, 새로운 환경에 적응하느라 힘들어하던 나에게 늘 편안한 웃음과 격려를 아끼지 않았던 분이었다.

처음 발령받았던 곳은 여권과였고, 그래서 본부와 떨어진

코리안리 빌딩으로 출근하느라 '외교부 본부에 근무하려고 했는데 이런 별관으로나 출근하다니' 하며 실망했지만, 그는 늘 칭찬을 아끼지 않으면서 "열심히 일하다 보면 좋은 날이 오는 곳이 외교부"라고 격려해주셨었다.

덕분에 점차 적응해 가면서 몇 년간 개정이 안 되던 여권편람도 두 번 개정판을 내고, 당시 미국 비자 면제 프로그램 시행의 전제 조건 중 하나였던 전자여권 사업과 관련법 개정에도 참여하는 등 나름 성과를 내며 직원들과도 친해지고 직장생활에 재미를 붙여갔다. 자주 야근하던 나에게 과장님은 저녁을 사주시면서 이런저런 본인의 외교부 생활을 얘기해주었는데, 저런 성실함 때문에 고시 출신이 아닌데도 과장에 올랐구나…. 하면서 감사하던 마음이 존경심으로 바뀌었다.

그렇다고 해도 나는 본부 청사 근무에 목말라했기에 1년 뒤 원하는 대로 다른 부서로 옮기게 되었고, 과장님은 "그냥 여기서 1년 더 근무하고 해외 근무 나가도 되는데…." 라면서 섭섭해하셨다. 이후 너무나도 고된 근무에 지쳐갈 때쯤 아들을 낳았고, 아내가 출산하러 들어가는 것도 못 본 채 회의 중에 뛰쳐나와 아내가 아들을 낳고서야 병원에 도착했다.

당시는 아내가 출산했다고 휴가를 내는 것도 언감생심이던 시절이고, 옮긴 부서에서는 축하 꽃바구니는커녕 메시지도 거의 들어오지 않았다. 부서를 옮긴 지 얼마 안 된 것도 있지만 직장을 옮긴 지도 얼마 안 되다 보니 축하해주는 사람도 없다는 생각이 들었다. 아내가 회복실에서 끙끙 앓는 소리로 일어나는 모습을 보면서도 밤에 다시 사무실로 돌아와야 했다. 서운함과 쓸쓸함에 발이 무거웠다.

회복실을 나서는 순간, 누가 꽃 배달 왔다길래, 누가 보냈지? 보니 바로 여권과장님이 보내신 거였다. 어찌 보면 붙잡는 자신을 떠난 직원인데, 공지 사항으로 뜨지도 않는데도 그는 잊지 않고 축하를 보내준 것이다. 서러움과 감사함으로 나도 모르게 눈물이 나올 것 같았다. 감사하다는 말씀이라도 전하려고 휴대폰을 켜는데 그로부터 장문의 메시지가 들어왔다.

“박 서기관, 아들 낳았다지요? 벌써 20여 년 전, 딸이 태어날 때 아내와 같이 보고 또 보고 하면서 밤새도록 웃던 것이 기억나요. 지금은 그 딸이 그때의 아내처럼 컸는데, 같이 웃던 아내가 많이 생각나네요. 부인 손 꼭 잡아주고 수고했다고, 사랑한다고 말해주세요. 그때 그렇게 같이 웃었던 아내가 오늘따라 생각이 더 나네요. 아들도 생겼으니 행복하세요."

나중에 알았지만. 과장님은 몇 년 전 아내를 여의고, 딸은 미국 유학을 보낸 뒤 입대를 앞둔 아들과 둘이 살고 있었다. 이후에 찾아뵙고 인사를 드리자 "지금 생각하면 지난 세월이 꿈만 같아요. 일도 중요하지만, 가족과 꼭 같이 많은 시간을 보내세요. 금방 갑니다."라고 짧게 웃으며 악수했다.

이후로 나는 본부 생활을 마치고 포르투갈로 첫 해외 근무를 나갔으며, 과장님은 외교부 생활의 마지막으로 스페인령 카나리아제도에 있는 라스팔마스로 가셨다. 나는 가끔 메일로 안부도 드리고 휴가 때 찾아뵙겠다고 했으나, 첫 근무지였던 포르투갈에서 아는 것이 너무나도 없었고 뭔 일이 그리 많던지…. 하루살이같이 살았다. 결국 라스팔마스는 가보지도 못하고, 과장님은 주라스팔마스분관장을 끝으로 퇴직하셨다. 이후, 내가 브라질로 근무지를 옮긴 2013년에야 비로소 과장님에게 안부 메일을 드렸는데 고맙다며 답 메일을 주셨다. 쓸쓸함이 많이 묻어났다.

이후로 과장님과의 연락은 점점 희미해져 갔다. 핑계라면 핑계겠지만, 너무 바빴고 여유가 없었다. 그렇게 주변을 돌아볼 시간이 없던 나는, 과거의 메일이 다 삭제된다는 본부의 공지에 겨우 그 흔적들을 더듬고, 다시 떠올린

From : <...78@mofa.go.kr>
To : 박태진 <tangpi@mofa.go.kr>
Date : 2013-12-27 14:12:10
Subject : 새해 인사

박태진 영사님,

그간도 안녕하시고 가족분들도 편안하십니까?
최근의 블로그 게재 기사가 없는 것을 볼 때 이모 저모 많이 바쁘신가 봅니다.

저는 정년하여 그냥 은퇴 노인으로 지내고 있습니다.
아직 첫 해이어서 그런지 아직은 지루하다 등과 그런 느낌은 나지 않고 있네요.
좋은 소식있으면 알려 주세요.
이메일은 ...@hotmail.com 이고, 전화는 010-...입니다.

또 다시 연말이 되어 갑니다.
새해에도 내내 건강하시고 행복한 나날이 되시기 바랍니다.

드림

과장님의 메일 - 노년의 쓸쓸함이 묻어있다.

것이었다. 나도 모르게 입에서 흘러나왔다.

"지금은 어떻게 지내실까…."

이후 다른 메일들도 확인해 내려가면서, 피식 웃기도 했다. 메일을 주고받은 사람은 수백 명이었지만, 궁금해지는 사람은 손꼽힐 정도였다. 그 손꼽히는 사람들도 이제 이메일이 삭제된다면 기억 속에서 잊혀가겠지. 순간 나는 이런 생각이 들었다.

'과장님에게, 이 사람들에게 메일을 보낸다면, 답장을 받을 수 있을까?'
한 번 해보기로 했다. 메일 대상을 몇 명으로 추렸다.

1. 여권과장님
2. 1999년 '아이러브스쿨'로 한 번 만나고 메일을 한두 번 했던 초등학교 친구
3. 2000년 미국에서 교육을 같이 받고 2011년까지 연락했던 선배
4. 2008년 외교부 청년 해외 인턴 사업 담당자로 근무 시 여러 번 상담해주었던 대학생

5. 2008년~2010년 첫 해외 근무 시 많은 도움을 주었던 포르투갈 직원
6. 2016년 외교원에서 국장급 교육 담당 때 여러모로 아껴주셨던 국장님(이번 메일 점검 때 알고 보니 이미 2013년 브라질 근무 당시 업무차 메일을 주고받았던 분이란 사실을 알았다).

저녁 먹고 몇 시간에 걸친 고민과 작문 속에 메일을 보내고 나니 잠들 시간이 되었다.
누워 천장을 보며 혼자 중얼거렸다.

'그들은 나에게 답장을 써줄 것인가?'
만감이 교차하는 밤이었다.

며칠이 지났을까. 메일이 한두 개씩 날아오기 시작했다.
처음으로 답장을 보내온 친구는 답장을 받고 나서 보니 반갑긴 한데, 'TV는 사랑을 싣고'처럼 공개적으로 만났다간 어두운 과거(?)가 다 들통나겠단 생각이 들었다. 내가 어려서부터 범생이라서 선생님들한테 칭찬을 많이 받았다고 하더니, 뒤로 갈수록 알고 보면 그렇지도 않고 여자도 밝히고… 이런~

두 번째로 회신해 온 선배는 미당 서정주의 시 '국화 옆에서'에서 나온 듯 머언 먼 젊음의 뒤안길에서 인제는 돌아와 거울 앞에선 누님 같은 편지를 보내주었다. 1년 만에 연락했는데, 확실히 메일만 봐도 흥분한 얼굴과 입이 떠오를 정도로 욕으로 시작해서(야 이 개**야, 왜 인제 연락해 임*, 죽을래? 하여간 반갑다…) 욕의 바다에서 허우적대다가(생각해보니 더 열받네, 이 **야… 연락 안 하면 죽인댔지? 야 이…) 욕으로 끝나는(야 임* 그래도 내가 너 정신없이 조아하는 거 알지 - 흥분해서 맞춤법도 틀려) 걸쭉한 남자 선배들과의 글과는 좀 달랐다.

세 번째로 회신을 주신 국장님도 예전처럼 다정한 답장을 보내주었다. 그때의 기억이 떠오르면서 입가에 미소가 떠올랐다. 그런데 거기까지였다. 반타작. 기대가 너무 컸던 것일까. 보낸 메일 6개 중 답장이 돌아온 것은 3개였다.

그 여권과장님에게는 답장이 오지 않았다. 수신 여부를 보니 확인도 안 한 것으로 나왔다. 아, 그 10년도 안 되는 사이, 이제는 추억으로 묻어야겠다는 생각이 들었다. 그때 태어난 아들이 이제 중학생이 되어서 저렇게 공부도 안 하고 맨날 제 엄마한테 욕먹는 게 일입니다. 하려고 했는데 그 아쉬움을 뭐라고 해야 글로 표현할 수 있을까.

외교부 인턴 사업 담당할 때 취업이 됐다고 메일을 보내오며 '저의 30대가 기대된답니다'라고 했던 그 학생은 이제 그 30대를 지났을 텐데 그도 역시 메일을 바꾼 것인지 수신 확인도 안 됐다. 그래 그 기대한다던 30대를 잘 보내고 세상 어느 한편에서 잘 살아가겠지.

거기서 과거로의 메일은 끝난 줄 알았는데, 3개월이 지난 어느 연말 생각지도 못한 메일이 날아왔다. 첫 해외공관 근무지였던 포르투갈에서였다.

Re: FW: Fwd: [RE]Re: photos of my car　2021-02-12 (금) 21:22

보낸사람 VIP i ni<i i@gmail.com>

받는사람 박태진 <tangpi2016@naver.com>

새해 복 많이 받으세요!!!!

Dear Mr. Park

How are you doing, Sir? How is your family doing? I am so glad to hear from you and also so sorry for my late reply. Life isn't easy around here and in spite I am always worried because I still did not answer your kind email, I couldn't find proper time to get back to you. I now address you my very sincere apology.

I am happy you are keeping a good remembrance of me. However, I am pretty aware I would have assisted you much more if you have asked me more... Anyway, I am still here and you can absolutely count on me whenever you need something from Portugal. Feel free to ask anything and I am and always will be at your service.

Yes, it would be great if one day you could come back to our Embassy in Lisbon. But... hurry up! I'm getting old and closer to retirement!!! You have my email, I am on Facebook and WhatsApp (my phone is +351 9 so... let us keep in touch!

I can't miss this opportunity to wish you and all your family a very happy Sollal, full of joy, good heath, professional success and prosperity.

Happy New Year, Mr. Park!

포르투갈 이메일 - 한복 그림까지 왔다.

2009년 8월. 서른여섯의 나는 갓 돌이 지난 아들과 아내를 한국에 남겨둔 채, 첫 해외공관인 포르투갈에서 처음으로 해외 생활을 시작했다. 인천에서 출발해 파리에서 비행기를 갈아타고 16시간을 더 가서야 도착했던 곳, 설레는 마음보다 두려움이 앞섰던 시절이었다.

업무는 물론 현지 생활에 적응하고 집도 구해야 하는 초창기, 안 그래도 낯선 해외에서 개인주의라 그런 건지 아침, 저녁을 혼자 해결했고 점심도 혼자 먹었다. 그때 포르투갈에는 한국 식당은커녕 한국 슈퍼도 없었다. 기껏해야 주말에 우범지대의 중국 슈퍼에 가서 쌀을 사고 한 종류밖에 없는 라면이나 사와 한 끼를 해결했다. 물 다르고 공기 다른 환경에 적응하기 전에 당장 먹는 것부터 맞지 않았지만, 누군가에게 하소연할 데도 없었다.

대사관 리셉션에 근무하던 그녀는 나보다 열 살 정도 많은 직원이었는데, 부임한 지 얼마 안 된 나와 무덤덤한 표정으로 목례나 나누는 수준이었다. 약간 복스럽게 생긴 그녀는 무뚝뚝하면서도 뭔가 물어보면 항상 친절하고 자세하게 설명해주었다.

어느 날 퇴근하는데 그녀가 나를 부르더니 검은 비닐 종지에 뭔가를 싸서 준다. '뭐지?…', 열어보니 '김치'다. 나도 모르게 웃음이 나왔다. 포르투갈 사람이 김치를 싸주다니.

알고 보니 그녀는 한국대사관에서 오래 근무한 한국 음식 마니아였다. 그때 대사관 직원들은 독일이나 스페인의 한국 슈퍼에서 국제 운송으로 한국 식품을 주문했는데(300유로 이상이면 운송비가 무료여서 몇 명이 모여서 같이 주문했다) 그녀는 주문을 가장 많이 한 직원 중 하나였다. 특히 너구리나 오징어 짬뽕 라면을 받으면, 너무 행복해하며 "무이뚜 봉(muito bom, very good의 뜻)!"을 연발하며 퇴근 시간이 기다려진다고 했다.

그녀는 종종 중국 슈퍼에서 배추를 사다가 김치를 해 먹는데 나 같은 사람이 처음 오면 먹는 것 때문에 힘들 거라며, "한국 사람은 김치 아냐?" 하면서 먹어보라고 준 것이다. 별로 기대하지 않았는데 집에 돌아와 먹어보니 의외로 맛있어서 깜짝 놀라 다음 날 락앤락 통에 구운 베이컨을 담아 돌려준 기억이 난다. 내가 대부분 경험한 포르투갈 사람들이 그렇듯, 그녀는 내가 근무했던 2년 반 동안 참 따듯하고 친절하게 때로는 누나같이 도와주었고,

대사관에 들어설 때면 항상 집에 온 것처럼 반갑게 맞아 주었다.

그런 그녀가 설날인 2월 12일, '새해 복 많이 받으세요' 라는 연하장으로 답장을 보내왔다. 늦게 답장해 미안하면서도 너무 반갑고, 포르투갈에서 필요한 일이 있으면 언제든 연락 달라는 I am still here and you can absolutely count on me라는 말. 다시 포르투갈로 돌아오면 좋겠지만, 자신의 퇴직이 이제 얼마 남지 않았으니 서두르라는 말까지. 이제껏 받아본 어느 연하장보다 마음을 따듯하게 해주는 글이었다.
답장이 없었던 여권과장님에 대한 아쉬운 마음을 다시 채워주는 순간이었다.

우리는 사회생활을 하며 수도 없이 많은 만남과 이별을 반복한다. 이별할 때, 우리가 자주 하는 말
"다음에 또 보자."

하지만 중년이 되자 점점 깨닫게 되었다. 헤어지면 다시 볼 일은 거의 없다는 것. 우리 인생에 영원할 것 같던 우정, 신의, 사랑도 시간 속에 묻혀버린다. 이번에 여섯 명에게

보낸 메일 중 네 통의 답장을 받았지만, '세월이 가면'이라는 노래처럼 그중의 절반이라도 다시 받을 수 있을까.

또, 이번에 네 통의 메일을 받으면서 반갑고 또 고마웠지만, 그것이 달라진 현재까지 전해주지는 않는다. 갈 수도 없고 볼 수도 없는 그때의 기억으로 마음 한편은 뿌듯할 수 있겠지만 그렇다고 현재가 달라지는 건 없다. 그래서 과거로 이메일을 보내고 답장받으며 현재를 더, 그 속에서 사랑하는 사람들에게 더 감사하면서 살아가야겠다는 생각이 들었다. 과거로 편지를 보냈는데, 미래로 가라는 답장을 받은 셈이다.

'세월이 가면 가슴이 터질듯한 그리운 마음이야 잊는다 해도 한없이 소중했던 사랑이 있었음을 잊지 말고 기억해줘요.' '세월이 가면' 노래 가사처럼 추억을 안고 살아간다는 건 다음 삶을 맞이하는 힘이 되어줄 것 같다. 나를 기억해주는 사람이 한 명이라도 있는, 아니 네 명이나 있는 나는 아직 외롭지 않다고.

[세월이 가면]

중국 근무를 마치고 돌아와 국립외교원에 근무하면서 정부나 공공기관 국장급 교육을 담당한 적이 있다. 국장급이어서 대부분 40대 끝에서 50대인 분들이었는데, 내가 교육과정을 운영하고 관리할 뿐 각 부처에서 국장 지위에 오른 교육생분들로부터 배우는 게 더 많은 시간이었다. 특히 업무가 아닌 인간으로서의 그들을 볼 수 있는 기회도 있었는데, 교육 막바지에 한 교육생분이 올려주신 글을 아직도 가지고 있다. 교육 기간 중 아들을 잃는 큰일을 당했음에도 항상 조용하고 성실하게 지내셨던 분인데, 수료하기 전날 장문의 글을 올려 교육과정에 있던 모든 이의 가슴을 먹먹하게 한 적이 있다.

2016년 12월 15일 오전 9:09

<세월이 가면>

졸업 전야입니다.

오랜만에 시간적 여유를 가지고 이것저것 정리를 하다 보니 지난 10개월 교육 생활의 추억들이 주마등처럼 스쳐 가고 차가운 겨울밤처럼 아쉬움도 깊어만 갑니다. 이쯤 되니 저도 모르게 센티멘털리즘에 빠진 것 같아 혹 남성 갱년기가 아니냐고 오해받을지라도 솔직히 감정에 충실하고 싶은 마음이 들어 허접한 글을 올려봅니다.

사실 요 며칠 내내 얼마 전 교양수업 시간에 첼리스트 성지송님이 들려주신 '세월이 가면'의 멜로디가 계속 귓전에 맴돌았습니다. "세월이 가면 가슴이 터질 듯한 그리운 마음이야 잊는다 해도 한없이 소중했던 사랑이 있었음은 잊지 말고 기억해줘요…."

교육과정 중 의미 있고 소중한 강의들이 많았지만 그중 개인적으로 지난번 이지선 박사와 성지송 교수의 강의를 듣고 큰 감동을 받았던 것 같습니다.

전신화상의 어려운 치료 기간에 말도 안 되는 억지스러운 감사를 하며 삶의 의미를 찾았다고 하는 이지선 박사…. 사고를 만나고 몇 개월의 치료 기간 후 처음으로 본인의 손으로 환자복의 단추를 끼우며, 처음으로 숟가락을 잡으며 그리고 씻을 수 있는 발이 있다는 것에 심지어는 절단되고 남은 손을 보면서 '남겨진 모든 것이 선물이다.'라고 생각했다며 이렇게 소중한 선물들을 잃지 않기 위해 다시 사고 전으로 돌아가고 싶지 않다는 말까지 했을 때 그저 가슴이 먹먹하기만 했습니다.

대학 시절 음악가로 연주자로 꿈을 꾸며 유학계획을 세우고 준비하던 중 불의의 교통사고로 어깨 신경이 파손되어 다시는 첼로 연주를 못 한다는 진단을 받았다는 첼리스트 성지송…. 절망 속에서 삶의 의미를 찾기 위해 요리 등 음악이 아닌 다른 길을 가다 결국 진정한 꿈을 이루기 위해 10년의 고통스러운 재활을 거쳐 완벽하지는 않지만 화려하게 부활한 그녀가 들려주었던 이야기와 연주도 곳곳에 고통 속에 승화된 깊이를 느낄 수 있었습니다.

그런데 이렇게 아픈 이야기들을 하는 그녀들의 모습이 그런 불행을 겪지 않은 사람들보다 훨씬 행복해 보였는데 왜였을까요?

어쩌면 우리는 우리가 살고 있는 오늘이 오래전 우리가 꿈꾸었던 내일임에도 불구하고 늘 부족함을 느끼고 불만하며 또 다른 내일을 위해 힘겨운 오늘들을 보내고 있지는 않았는지 모르겠습니다.

그 모습으로 세상에 나가도 사람 꼴로 살 수 없다고, 그 어깨로 다시는 첼로를 켤 수 없다고 환자의 인생조차 자신의 편협한 의학적 잣대를 들이대었던 오류를 범한 의사들에게 보란 듯 그녀들은 절망 속에서도 희망의 끈을 놓지 않고 길고 긴 어둠의 터널을 빠져나와 부활했습니다.

객관적으로 그녀들의 재능이나 노력에 비해 턱없이 부족한 현재의 모습이지만 그녀들이 맞이하고 있는 오늘은 그녀들이 실의 속에서 갈망하며 꿈꾸었던 내일이기에 그리 행복해 보였던 것이 아닐까 싶습니다….

자식을 떠나보낸 큰 슬픔을 겪고도 같은 중년의 동년배들에게 힘을 주던 그의 모습과 글이 떠오른다. 이제 그들이 떠난 나이에 내가 도착했다. 그가 남긴 글을 보면서 오늘 생각 없이 그리고 불평만 가득했던 하루를 보냈던 나를 반성해본다. 이런 날들도 지나가겠지. 세월이 가면.

이런 날이 올 줄 알았다면

이번 여행도 나는 마누라 속이기에 성공했는지 자문해 보았다.

목적지를 밝히고 정해진 일정에 따라 돌아왔으니 속인 건 아니었다. 하지만, 그러면서도 뭔가를 속인 듯한 느낌이 드는 건 왜인지 모르겠다. 사적 여행으로는 간만에 아내와 아들을 떼어두고 와 정말 홀가분하다고 아내에게, 동행한 직원에게 말하면서도, 여행 중에 느낀 허전함을 막상 나 자신에게는 숨기고 있었을지도 모르겠다.

Höga Kusten 여행은 짧고 빡센 일정이었지만, 랜드마크인 Skuleberget와 Slåttdalsskrevan를 모두 섭렵할 수 있어 좋았다. 여행의 출발은 Slåttdalsskrevan에 대한 호기심에서 시작되었지만 가장 인상적인 건 가는 길에 보았던 Stone field였다.

일부러 모아서 갖다 부은 것도 아닌데, 산 중턱에 푸른 이끼들과 바다의 모습을 간직한 채, 안으로는 계속 물이 흐르는 생명을 지닌 그 돌밭이 아직도 머릿속에서 지워지지 않는다. 끊임없이 외로움을 느끼고 철저한 고독을 찾아 떠났으면서도, 모여있는 그 돌들이 왜 잊히지 않는지. 아직도 지금 느끼는 그 외로움에 대한 해법을 못 찾아 그런 건지 모르겠다. 만 년에 걸쳐 솟아오른 Höga Kusten을 다녀오고도 만 년이나 살 것처럼 고민하는, 중년 남자의 잠 못 드는 밤이다.

그런 생각도 해보았다. 엄청난 돌밭에 둘러싸인 것처럼, 이제 돌아갈 대사관에서도 또 더 넓게 보면 내가 살아가는 넓디넓은 사회 속에서도 나는 엄청나게 많은 사람에게 둘러싸여 있지만, 그 안으로 흐르는 물소리는 못 듣고 살아가는 게 아닐까. 그래서 오히려 혼자 있는 것보다 사람들에게 둘러싸여 있기에 중년에 외로움을 더 느끼는 것 같다.

다만, 그 돌 밑에 흐르는 물소리가 어떤 소리인지 몰랐듯이 지금의 가족, 그리고 동료들이 나를 어떻게 생각하고 있는지 모르겠다는 생각이 들었다. 스웨덴을 떠날 때가 돼서야 그들의 생각을 알게 될까. 나는 2년 뒤인 2022년 8월에 스웨덴을 떠나면서 그에 대해 어렴풋이 알 수 있었다.

외교관 생활은 이삿짐을 풀고 싸는 생활의 연속이다. 보통 근무지는 본부와 재외공관으로 나뉘는데, 다른 공무원들과 가장 큰 차이인 재외공관 생활은 한 곳에서 2~3년 정도 있게 된다. 주기적으로 다양한 나라를 경험한다는 장점도 있지만 한편으로는 자주 근무지이자 생활 근거지를 옮기게 되고, 처음에 부임했을 때의 설렘과 떠날 때의 섭섭함은 횟수가 거듭될수록 무뎌지게 된다.

2019년 8월에 스웨덴에 부임한 나는 어느덧 3년이 지나 이임할 시기가 되었다. 봄부터 시작된 수요조사와 인사

발령을 통해 6월 말 다음 근무지인 브라질리아로 내정되었고, 7월 초 부랴부랴 이삿짐을 보내고 커다란 가구들을 비롯한 세간살이가 사라진 집안을 보면서 '다음 달에 여길 떠나면 내가 여기서 3년을 살았다는 흔적도 모두 사라지겠지'라는 생각이 절로 들었다.

7월이 되니 시간은 더 빨리 지나가는 것 같았다. 인사발령이 나고 한 달 남짓한 기간 동안 업무를 마무리하며 후임자에 대한 인계인수 작업도 같이하기에 시간은 더 빨리 지나가는 것 같았다. 한데 나만 바쁜 게 아니라 다른 직원들도 모두 바쁜 터라, 내가 이 사무실을 떠나는 게 대단한 일도 아니라는 생각이 들었다. 문득 이임 전날까지 조용히 있다가 인사 없이 사라져야겠다고 생각했다.

그래, 오래 공무원 생활하면서 많이도 옮겨 다녔다. 그것도 임지를 자주 바꾸는 공무원을 하다 보니 더욱 그런 느낌이다. 이번에 공관을 옮기는 것도 다섯 번째. 첫 공관을 옮길 때 공항에 배웅 나온 후배가 갑자기 눈물을 뚝뚝 흘리길래 당황하던 순간도 있었고, 손글씨로 꾹꾹 눌러쓴 카드도 받고, '꼭 다시 오세요~'라는 말들을 믿으며 다짐하던 순간들도 있었다.

물론 지금은 그런 때도 있었네? 하며 쓴웃음 짓는 나이가 되었다. 이제는 눈물을 흘릴 만큼 그렇게 순수하지도 않고 다시 온다는 말도 믿지 않는다. 모두가 각자 방에 들어가 있는 재외공관의 근무 환경이라 더욱 그렇다. 온종일 안 보려면 안 볼 수도 있는 환경이기에, 어느 날 사라진다 해도 어 그 사람 갔네? 정도로 그칠 것이다. 나의 스톡홀름의 마지막 달은 그렇게 현실을 받아들이는 과정 사이에 지나갔다.

'카톡'

그러던 어느 날 동료 직원이 그간 내가 그려줬던 만화로 동영상을 만들었다고 카톡을 보내왔다. 근무하면서 가끔 그려 보내준 걸 모은다고 하더니 정말 그랬구나. 보면서 나도 웃었다. 그래 그땐 이래서 이 그림을 그렸지. 사무실 짐을 정리하다 보니 짬짬이 그렸던 만화 쪼가리가 많이 나왔다. 당시의 추억도 떠오르고 그 만화들을 보면서, 그래도 이런 생각지 못한 선물도 받았으니 성공했네. 하고 자위했다. 기대는 안 했는데 그래도 한 명이라도 기억해주니 고마운 걸 넘어서 좀 덜 창피하다고나 할까.

그렇게 시간은 지나가고 드디어 스톡홀름에서의 마지막 근무 주간이 됐다. 목요일 부산세계박람회 지지 요청을 위해 스웨덴 통신청장과의 면담을 마치고 오다가 대사관 단톡방에서 카톡 공지를 받았다. 내일 나의 이임과 관련 오후에 잠시 '피카'를 간단히 할 예정이니 참석하라는 것이다. 스웨덴 사람들이 오후에 잠깐 커피와 쿠키를 놓고 한다는 '피카'. 그것이 나의 마지막 환송식이었다.

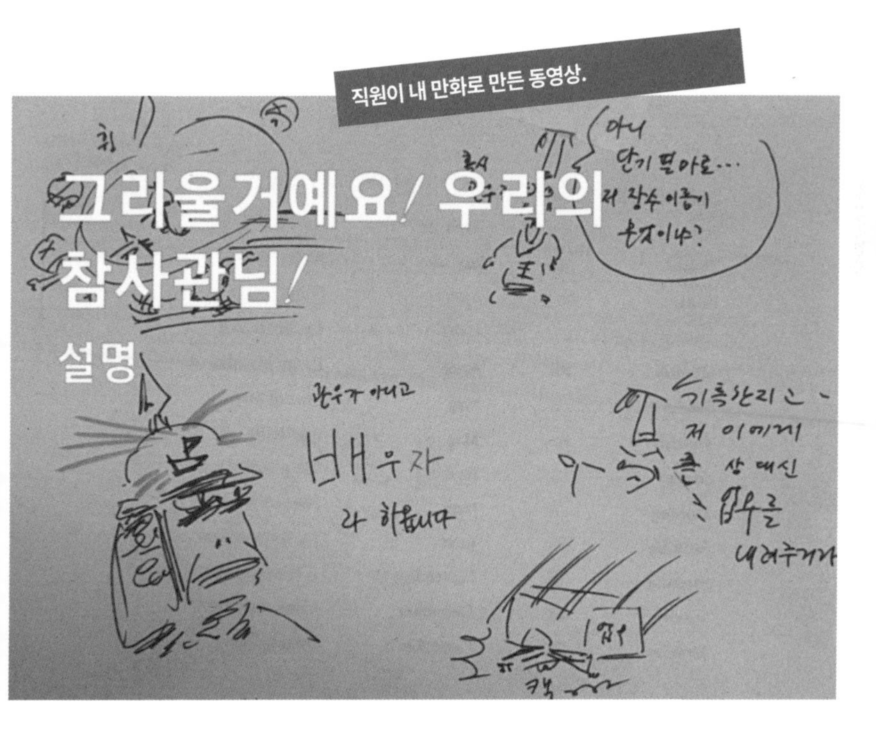

직원이 내 만화로 만든 동영상.

그날 밤, 침대에 누워 많은 생각을 했다. 3년간의 생활을 돌이켜 보면서, 내일 잠깐 있을 피카에 머쓱하게 이삼십 분 정도 앉아 그냥 상투적인 말만 나누고 나오겠지. 이삿짐이 떠난 집에 나의 흔적이 없어지듯이 그렇게 나의 존재도 없어지겠지 하는 생각이 들었다. 특별히 할 말도 없을 것 같고 아예 가지 말까? 라는 생각도 했다. 다들 바쁜데 대단한 사람도 아닌 나 때문에 모인다는 것도 좀 부담스러웠다.

그래서 그랬을까. 그날은 새벽 두 시가 넘도록 잠이 오지 않았다. 말로는 이제는 감정이 메말랐는데 뭔 환송식이냐 했지만, 그래도 내심 3년을 지냈는데 사람들의 무관심 뒤로 사라진다는 섭섭함이 있었나 보다.

다음 날 오후 세 시가 돼서 대회의실로 내려가는데 발이 좀 무거웠다. 도살장에 끌려가는 돼지 기분? 내키지 않는 걸음을 하며 되도록 빨리 인사를 나누고 올라와야겠다고 생각했다. 다른 직원들도 마찬가지겠지. 다들 바쁜데 뭐. 그냥 때우는 거지.

대회의실에는 생각보다 많은 직원이 와있었다. 휴가 중인 직원까지. 이건 좀 예상과는 달랐다.

잠시 후 한 직원이 나를 위한 송별 동영상을 만들었으니 틀겠다고 했다. 전혀 생각지 못한 것이었다. 그런 걸 만들겠다고 사진을 받으러 온 것도 아닌데 언제 만들었지? 내가 그런 동영상을 받을만한 지위가 있는 것도 아닌데…. 그냥 단순한 사진 나열이겠거니 하고 봤다.

6분 정도의 동영상은 나의 카톡 대문 사진, 내가 보냈던 카톡 사진이나 출장 등 업무 사진에서 뽑아 만든 것이었다. 아무리 간단한 동영상이라도 만드는 데는 시간이 걸리는데…. 보다 보니 함께한 직원들과 웃음도 터뜨리고 후반으로 갈수록 감정이 좀 울컥거렸다. 나이가 들면 감정이 울컥한다는데 눈가에 눈물이 촉촉이 적셔졌다. 생각지도 못한 선물이다. 정말 고마웠다.

동영상이 끝나고 일어나서 얘기하라고 하는데, 준비를 전혀 하지 않은지라 횡설수설하다 앉은 것 같았다. 돈도 없을 텐데 십시일반으로 모은 선물도 받고 대사관 서정에서 돌아가며 사진도 찍었다. 남들만 이렇게 찍는 줄 알았는데.

나도 이렇게 가는구나 한다. 모든 인생이 다 이렇겠지.

그날 밤 직원들이 건네준 카드를 펼쳐보았다. 모두가 한 자 한 자 써준 고마운 글이었다. 그들의 얼굴이 필름처럼 지나갔다. 그제야 느꼈다. 내가 좋은 사람들과 함께 있었구나.

그날 밤은 전날 밤과 마찬가지로 잠이 오지 않아 작게 음악을 틀고 소파에 앉아 밖에만 바라보았다.

같이 있던 사람들과 좀 더 많은 시간을 보내지 못하고 좋은 말을 더 많이 건네지 못했던 후회감.

어느새 중년이 된 내가 겪은 사추기라는 이유로 나 자신을 스스로 닫고 살았던 것은 아닌지.

어느덧 재외공관 생활의 프롤로그와 에필로그에 무뎌진 나에게 미안함, 감사함 그리고 다시 펼쳐질 새로운 임지에서의 공관 생활이 어쩌면 다시 좋을 수도 있겠다는 감정을 불어넣어 준 고마운 밤이었다.

마침 나오는 노래의 가사 한 구절이 더욱 가슴에 꽂혔던 그 밤, 아직도 기억에 선하다.

“こんな日が來るなら

이런 날이 올 줄 알았다면

抱き合えば良かったよもっと

좀 더 함께해야 했는데”

지나고 나면 다 추억이 되는 것 같다.

3장

마누라에게 대놓고 말하기

사라져간 30년 전의 꿈

거의 30년 전인 1991년 11월.

93만 명이 응시한다는 학력고사를 두 달 앞두고 최종 배치고사를 치른 교실은 공부를 잘하건 못하건 목욕탕 한증막에서 100을 세고 나올 타임을 기다리듯 답답해하는 학생 60명이 꽉 차 있었다. 잘하는 아이들은 한 점이라도 더 올리려고, 공부가 부족한 아이들은 이제 와보니 대학은 가고 싶다는 생각으로 각자의 이유는 있었다.

"시험 끝나면 여행 한 번 가보자."

아이들은 답답한 심정을 그렇게 표현했다. 여행이라곤 수학여행으로 경주 한 번 가본 게 태반이면서 목적지도 어딘지 정하지 않고 그렇게들 얘기했다. 가장 많이 언급된 목적지는 그냥 '바다'였다. 1호선만 타고 끝까지 가도 인천 앞 바다인데….

나는 그러자고 아이들에게 말했지만, 사실은 혼자 가고 싶었다. 그냥, 답답한 교실, 닭장 같은 독서실을 벗어날 수 있다면 어디든. 지금도 옆에 녀석들이 바글바글인데 무슨 여행까지 같이 가냐.

그러나 그 꿈은 시험을 망치면서 불타버린 휴지 조각처럼 날아갔다. 재수로 가닥을 잡은 나는 후기 대학 원서도 사주겠다는데 왜 시험을 안 보냐고 악악대던 담임 선생님을 뒤로하고, 재수생의 성지였던 종로학원에 일찌감치 등록하고 한국 최고의 강사들에게 1년 빡세게 공부해서 화려하게 혼자만의 여행을 떠나겠다는 야심 찬 계획을 세웠다.

앗, 근데 난데없이 대학에서 추가합격을 통지받고 어색한

20대를 시작했다. "네 생각은 어떠니"라고 할 것도 없이, 다음 날 무조건 학교로 실려 갔다. 입교 전날, 카세트테이프로 김민우의 '입영열차 안에서'를 돌려가며 듣고 또 듣고 또 들었다. 슬픈 건 아니지만 어색한 미래를 받아들여야 했다.

대학 생활은 자퇴냐 졸업이냐를 끊임없이 고민하는 4년간의 과정이었다. 마음이야 거의 자퇴로 90% 이상 기울었지만, 그럴 때마다 떠오르는 재수 비용과 부모님의 실망한 모습 때문에 차마 실행에 옮기지도 못했다. 얼떨결에 시작된 생활이니 쉬운 게 없었다. 90년대 초반 '칵테일 사랑'을 들으며 대학에 입학한 많은 친구처럼 해외는커녕 국내여행도 제대로 한 번 못 가보고 그렇게 대학 시절이 지나갔다.

대학을 졸업하고 군 복무로 제주도를 택한 것도 그 때문이었다. 물론 부대에서 동기들과 같이 지내긴 했고 친한 대원들도 있었지만, 나름대로 집에서 가장 멀리 떨어져 살아본 것이다. 이후 다시 육지로 발령받아 일하고 근무하면서, 당연하게 사람들 사이에 살아가다 보니 그런 거겠지만,

혼자서 여행한 기억은 거의 없다.

휴가도 그냥 국내에서 아는 사람들이나 만나고, 그러다 아내를 만나 연애하고 결혼하고 가정을 꾸리면서, 많은 여행을 했지만 오롯이 나를 위한 여행이라기보다는 나 이외 다른 사람을 만나고 가족을 위해 일정을 짜고 운전하며 출장 기간 짬짬이 동료들과 시간을 보냈다.

그 시간이 나빴다는 것은 아니다. 나름 행복한 기억이다. 주변에 사람들도 많았고, 어울림에 거리낌도 없었다. 다 그렇게 살아가는 것 같았다. 여행은 함께하는 것이라고.

혼자만의 여행에 대한 꿈은 그렇게 멀어져 갔다.

중년에 혼자 떠나는 여행은 정말 쉽다

시간이 흘러갔다.

스웨덴으로 나오기 전 고향이기도 한 서울 광진구 중곡동의 한 빌라에서 살았는데, 10평 정도의 아주 작은 집이었다. 세 식구가 살기에 너무 작은 집이었고, 그래서 종종 답답함을 달래러 옥상에 올라갔다. 그래도 동네에서 제일 높은 건물(6층)이라 전망은 좋았다.

나중에는 무중력 비치 의자까지 사서, 선선한 바람에 지는 노을을 보며, 혼자 생각하며 시간을 보내는 게 생각보다 꽤 괜찮다는 걸 알게 되었다. 나 자신에게 질문도 던져보고, 생각도 정리하는 그 시간이 답답했던 서울 생활의 유일한 탈출구였던 것 같다. 그때 다시 예전의 꿈을 떠올린 듯하다. 언젠가 혼자만의 시간을 이 비좁은 공간에서가 아니라 완벽히 격리된 곳에서 한 번 해봐야지.

그사이 나이가 들어갔다.

이제는 굳이 혼자만의 여행을 꿈꿀 필요가 없다. 어차피 생활 자체가 혼자다. 하루 가장 많은 시간을 보내는 직장에서도 우리는 섬에 사는 느낌을 받는다. 섬은 여러 개가 있어도 쓸쓸하다. 있는 사람은 많지만 나눌 사람은 없는 것이 섬이다.

그렇게 하루를 보내고 집으로 돌아온다. 타향살이에 나를 품어주는 너무나 큰 존재인 아내와 아들이 있지만, 그렇다고 해도 떨어지는 체력과 각박한 인간관계, 그리고 불안한 미래로 지쳐가는 중년 남자에게 무언가 알 수 없는 빈자리가 있다. 뭐라고 설명하기는 어려운데, 그래서 불면의 밤을 보내기도 한다. 아내와 밤늦도록 얘기해도, 혼술을 해도, 책을 보고 음악을 들어도 풀리지 않는다.

그런데도 나는 웃는다.

어차피 이 사회는 중년 남자가 우울하고 힘없는 것을 허용하지 않는다. 예전에 페이스북을 할 때도 웃기는 글을 쓰면 '좋아요'가 엄청 달리는데 진솔하게, 내가 느끼는 외로움과 고통을 적으면 반응이 별로 없다.

한편 가족 앞에서도 나는 웃는다. 그러면서 몰래 여행도 갔다 오고, 또 즐겁게 여행을 다녀오겠다고 하지만, 그 또한 쓸쓸한 나를 속이는 것이다. 마누라 속이기를 감행해 보았지만, 그런다고 중년에 다다른 남자의 알 수 없는 외로움이 사라지지는 않았다.

어느 날 나는, 아내에게 혼자 여행을 다녀오고 싶다고 얘기했다.
의외로 아내는 덤덤히 받아들였다. 조심만 하라고. 중년 부부는 역시 말이 필요 없다.

그리고 나는 예전부터 가고 싶던 Laponia를 목적지로 정했다.

Laponia는 스웨덴의 가장 변방이라고 할 수 있는 북서부의 토착 원주민인 '라프족(Lapp, 스웨덴어로 Sami)의 땅'이라는 뜻인데, 전에 Höga Kusten에 갔을 때 정보센터에서 모아둔 안내 책자를 보면서 꼭 가고 싶다고 생각했던 곳이다.

특히, 이번처럼 혼자 간다면 철저히 혼자가 될 수 있는 원시림 같은 곳이 바로 Laponia였다. 시간만 된다면 아들과 함께 걸어보고 싶었던 Kungsleden의 심장, 그곳에 가면 뭔가 느껴지는 게 있지 않을까 하는 막연한 기대가 있는 곳. 그래서 이번엔 계획도 없이, 그냥 비행기표와 숙소만 끊어 떠났다. 처음 하는 무계획의 계획, 어쩌면 인생이 그런 게 아닐까.

두 번의 속이기를 거쳐,

나는 마침내 중년의 고민을 해결할 마지막 열쇠를 찾아 떠나기로 했다.

중년 남자가 혼자 떠나는 여행은 정말 쉽다.

마음먹고 표만 끊으면 된다.

브런치북 '마누라 속이기 in Sweden'에서 - Laponia 풍경.

[영화 - 그 오랜 친구를 만나다]

혼자만의 여행을 실천하는데 물리적인 준비를 해야 하고 걱정도 된다면, 집에서 간단하게 할 수 있는 방법이 있다. 그것도 시차를 뛰어넘어서. 바로 예전 영화를 만나는 것이다.

가끔은 내가 이렇게 살았다면 어땠을까. 라고 생각하다가도, 쓸데없는 공상이라고 마무리 지을 때가 많다. 지나간 시간이고, 다시 돌릴 수 없기에 이런 생각은 부질없고, 고정된 과거를 바라보는 심경은 그래서 더 아쉬움이 남는다.

그런데 과거에 보고 싶었던 영화들처럼 가끔은 돌아갈

수 있는 것들이 있다. 영화를 못 봤던 이유는 많지만, 돈이 없다기보다는 영화에 푹 빠져드는 그 시간을 누릴 만한 심적인 여유가 없었다. 물론 'One Day' 같이 원작을 읽다가 DVD를 사는 일도 있었지만, 거기까지였다. 그동안 직접 사거나 중고 시장에서 사다가 모셔둔 DVD가 라면상자로 몇 상자는 될 것 같은데, 꺼내 보기는커녕 여전히 잠만 자고 있으니.
어릴 때는 승진, 돈 등 현실에 집착하다 보니 잠깐이면 누렸을 영화, 콘서트, 미술 같은 것들을 못 누리고 지나간 시간이 아쉽다.

나이가 들었어도 그 습성은 여전히 버리지 못했다. 영화를 보기보다는 유튜브에 짤막하게 나오는 영화나 넷플릭스 드라마 소개 동영상으로 몇십 분 만에 보고 다음으로 넘어간다. 사실 예전에 TV '주말의 영화'를 보던 시절에 비하면, 바로 그 영화를 찾아 간단히 전체 스토리를 알 수 있는 인스턴트 시대에 너무 당연한 일상이다.

오늘 할 일을 어느 정도 마무리하고 소파에 앉아 늘 그렇듯 볼거리를 검색하는데, 우연히 2000년에 개봉한 '동감'이란 영화의 18분짜리 소개 동영상이 올라와 있었다. 아,

저거… 시간을 초월한 두 남녀가 무전 송신기로 소통한다는 영화 아니었나? 임재범이 OST를 불렀던 그… 라는 생각이 들었다.

그 영화를 실제로 본 적은 없었다. 벌써 23년 전이네. 그때 뭐 했지? 남양주의 한 시골 경찰서 수사과에 근무했었지. 그땐 사귀는 사람도 없어서 영화관 갈 일도 없었지…. 볼까. 무슨 내용인지나 보자고 플레이를 눌렀다.

아, 근데 영화의 내용이 너무 괜찮다. 단순히 무선통신 이야기가 아니고 그 시절 누군가에게 있었을 법한 이야기, 판타지 같지만 판타지 같지 않은, 추억 같은 영화라고나 할까. 줄거리는 다음과 같다.

1979년에 사는 영문과 여대생 윤소은(김하늘 분)은 짝사랑하는 선배(박용우 분)와 단짝 친구 허선미(김민주 분)와 대학 생활을 보내던 중 우연히 고물 무전기 하나를 얻어 집에 가져온다.

개기월식이 진행되는 어느 날 밤, 그 무전기를 통해 신기한 교신음이 들려오고 그 목소리는 같은 대학 광고창작

학과에 다니는 지인(유지태 분)이라는 남학생의 목소리였다. 소은은 대화를 이어가며 점점 친숙해진 지인과 학교 시계탑 앞에서 만나자고 약속한다.

2000년의 서울에는 아마추어 무선통신에 열광하고 있는 한 남자, 광고창작학과 2학년인 지인이 있다. 미지의 공간, 미지의 사람과 교신에 열중하던 그는 어느 날 낯선 여자로부터 교신을 받는다. 그녀는 같은 학교 영문과에 다니는 소은. 이후 그는 그녀와 학교 시계탑 앞에서 만나자고 약속한다.

공사 중인 시계탑 앞에서 소은은 두 시간이 넘도록 지인을 기다린다. 지인도 시계탑 앞에서 장대비를 맞으며 몇 시간째 소은을 기다린다. 그런데 지인은 이미 완공된 시계탑 앞에서 소은을 기다리는 중이다. 도대체 무슨 일이지?

만나지 못해 서로에게 화가 난 두 사람은 다시 시작된 교신 중에 믿을 수 없는 일이 벌어졌음을 알게 된다. 21년의 격차를 두고 교신한 것. 이후 두 사람은 무선통신으로 짝사랑의 고백과 우정, 서로가 사는 세상, 또 여전히 같은 모습으로 열심히 사랑하며 사는 사람들에 관한 얘기들을 나눈다. 그렇게 그들은 서로 다른 시간 속에서 서로의 사랑과 우정을 얘기하며 가까워지고 그리움까지 싹트게 된다.

“거기선 누군가를 열심히 사랑하면 이룰 방법도 있나요?”
“하하, 그건 이 세상 끝날 때까지 발명되지 못할 거예요.”

그러다가 소은은 2000년에 사는 지인의 부모도 같은 대학을 나왔다는 사실을 교신 중 알게 된다. 그리고 그 부모의 이름을 듣고 그들이 바로 자신이 짝사랑하고 있는 선배이고 자신의 단짝 친구라는 사실에 충격을 받는다. 소은은 지금 선배와 단짝 친구가 사랑을 시작하고 있으며, 교신하고 있는 지인이 그들의 아들이라는 사실을 알고 고민에 빠진다. 사랑이 시작된 그들을 막을 것인가, 아니면…. 고통의 시간을 거쳐 캠퍼스의 담벼락을 온종일 손으로 만지고 집으로 돌아온 소은은 마지막 무선을 보낸다.

“나, 그 사람의 향기를 알아요. 언제 어디서고 눈을 감으면 맡을 수 있어요. 그 사람과 나, 우린 분명 같은 감정으로 살아요. 같은 슬픔, 같은 기쁨, 같은 향기를 지니면서 그렇게 살 수 있어요. 1979년의 이 기분을 2000년에서도 알 수 있을 거예요."

자신으로 인해 지인이 사라질 수 있다는 생각에 소은은 아프지만, 선배에 대한 사랑을 접고 마지막 무선을 남긴 뒤 무전기를 꺼버린다. 지인은 부모의 대학 앨범을 통해 소은의 존재를 확인하고, 어느 대학 영문과 교수인 소은을 찾아가기로 한다. 그리고 그 대학 한 강의실에서 수업을 마치고 나오는 소은과 마주친다. 소은도 지인을 알아보고 멈칫한다.

잠시 정적이 흐른 후, 소은은 옅은 미소를 띠고 아무 말 없이 지인 앞을 지나간다. 지인도 몇천 마디 말보다 더한 그 의미를 알고 집으로 돌아와 더 이상 무선이 되지 않는 무전기에 대고 마지막 무전을 보낸다.

"오늘 당신을 봤어요. 정말 예쁘고 밝았어요. 아주 잘살고 있고요… 소은 씨 옆을 스치는데 소은 씨가 말해주던 향기가 났어요. 그 향기가 어떤 건지 느낄 수 있었어요."

"야, 이 영화가 이렇게 좋은 영화였다니." 영화를 다 본

뒤에 탄성이 절로 나왔다. (영화의 관람객 평점은 9.67) 지금보다 감성이 메마르지 않은 그때 이 영화를 봤다면 얼마나 좋았을까 싶다가도, 그때 보고 싶었지만 못 본 영화의 감동을 세월을 돌려 오늘에라도 느끼니 얼마나 좋은가 하는 생각도 들었다.

오후에 운전하면서 영화의 OST로 유명한 '너를 위해'도 불러보고, 나도 지금 2000년대 누군가와 무선을 한다면 어떨까 하는 즐거운 상상도 한다. 아니 미래로 가서 2050년 누군가와 교신한다면? 아내에게도 설명해주니 "어머, 나도 그냥 무선으로 교신하는 단순한 영화인 줄 알았는데!" 하면서 신기해했다. 영화는 주말 오후의 무료함을 걷어내고 나에게 많은 걸 남겨주었다.

하긴, 생각해 보니 지나간 영화를 몇십 년 후에 보고 행복해하던 기억은 많이 있다.
카사블랑카(1949), 더티 댄싱(1988), 지금, 만나러 갑니다(2004년) 등 인스턴트 시대라는 문명적 특이점으로 과거에 지나쳐 버린 무언가를 찾을 수 있는 것이다. 소은이 지인과 교신하듯, 영화를 통해 나는 그때의 나와 교신하고 느끼고 감동한다.

어렸을 때 현실에 존재하지 않는다고 상상한 일이 몇십 년이 지나 눈앞에 펼쳐진다면, 오랜 친구를 몇십 년 만에 만나는 것처럼 몇십 년을 거슬러 올라가 과거의 존재를 오늘 느끼는 것도 중년을 살아가는 나에게 새로운 힘을 주는 것 같다.

다음 주에는 어떤 영화를 찾아볼까. 노트북? ET? 세상의 중심에서 사랑을 외치다? 공포의 외인구단? 생각만 해도 즐겁다.

나이가 들었다면, 누구나 한둘은 가지고 있을 오랜 친구, 보고 싶었던 영화를 만나자.

Sami족이 12000년을 살아온 이유

비행기는 Lapland의 관문 Gällivare로 향하고 있었다.

Gällivare는 지난해 일주한 코스인 Inlandsbanan의 종착지로, 북극권이 시작되는 지점에서 위쪽으로 100km 떨어져 있다(북위 67도 7분). 무슨 현자를 찾아 미지의 세계로 떠난 건 아니지만, 철없는 중년 남자의 모험은 드디어 북극권으로 진입하고 있었다. 지난번 여행에서는 코앞에서 우향우하는 바람에 못 갔던 게 내심 아쉬웠는데, 역시 마음이 가는 곳은 언젠가는 가게 된다는 말이 맞는 것 같다.

직행버스가 시골 터미널을 들렀다 다음 행선지로 가듯 비행기는 Arvidsjaur 공항을 들렀다가 한 시간 반 만에 Gällivare에 도착했다. 차로는 쉬지 않고 달려도 13시간이 걸리는 길이다. 공항도 작아서 사람이 거의 없고 렌터카는 청사 내 비치된 사물함에서 미리 받은 비밀번호로 열고 주차장에서 찾았다. 이거 완전 혼자만의 여행이라지만, 정말 화끈하게 사람 없다. 스웨덴답다.

공항에서 차를 몰고 숙소로 가는 길은 적막했다. 이러다가 숙소가 나오기는 하는 거냐 생각할 때, 정말 작은 시내에 있는 숙소를 발견했다. 저렴한 데라 그런지 사람들이 생각보다 많았다. 매번 여행할 때마다 평소에 딴 걸 아껴도 호텔은 아끼지 말자고 하면서도 늘 도착해서 후회한다. 아침도 주고 맨 위층에 공용 사우나도 있으니 내부는 포기했지만, 너무 단출하다 못해 침대도 삐걱거리는 방이다.

짐을 던져두고 사우나장에 갔다. 다들 midnight summer를 즐기느라 그런지, 아직 내부에는 사람이 없고 어떤 부자와 나만 있었다. 저녁 늦게 도착해 집에서 싸 온 삶은 달걀로 식사를 대신했더니 속이 안 좋다. 계속 가스를 분출해(소리는 안 나지만 이런 게 독하긴 더 독하지), 그 아버지와 아들에게 미안했다.

"Papa, I can smell something weird.
(아빠 이상한 냄새가 나)"
"Come on, guy. You'd better breathe through your mouth, not nose, here.
(인마, 여기선 입으로 숨 쉬어, 코로 말고.)"
아빠는 입으로 심호흡하는 모습까지 시범을 보였다. 죄책감이 들어서 나왔다.

방으로 돌아와 내일 여정을 구상해보았다. 공항에서 가져온 지도를 펼쳐놓고 가고 싶은 곳을 찍었다. 나름 시간을 계산해서 이리저리 생각해보았는데, 길이 국도라서 거의 12시간을 운전하게 되었다. 만만치 않네 하며 침대에 누웠다. 늘 그렇지만 고민은 자고 나면 해결되기도 한다.

그렇게 자는 둥 마는 둥 하다 깼다. 아침을 먹고 차를 몰아 호텔 앞 Gällivare역부터 들렀다. 그 옛날 철광석을 나르던 이 역은 목조 건물로 오랜 역사를 품고 있다. 이 역을 거친 수많은 사람이 있었겠지…. 생각하며 잠시 역을 둘러보고 나왔다. 오늘 갈 길이 멀어 여기서 이럴 시간이 없다.

시내를 벗어나 Laponia 방향으로 간다. 숲을 뚫고 나 있는 도로를 하염없이 달리다 보니 사람보다 순록이 더 많이 보인다. 가끔 영화에서나 보던 무스(moose) 사슴도 보인다. 이야, 사람 없는 데를 찾아왔는데 제대로 오긴 온 것 같군. 얼마 안 가 'Laponia porten'이라는 건물을 발견했다.

Porjus라는 마을에 있는 'Laponia 입구'라는 뜻의 이 건물은 Laponia에 대한 안내와 이 지역의 풍부한 수량을 바탕으로 한 수력발전, 그리고 Sami족에 대한 설명을 해주는 일종의 관광안내소 같은 곳이다. 다만, 관광 시즌이 아니라서 출입문은 닫혀있었고 12시에 문을 연다고 붙어있다. 오늘 목적지를 둘러보고 오면 문 닫을 시간이라, 결국 못 보겠구나 싶다.

아쉬운 마음에 건물이나 한번 둘러볼까 하고 반대편으로 돌아가는데, 뒷문이 열려있었다. 혹시나 해서 들어가 보니 젊은 부부가 있다.

"지금 열어요?"

(여자는 아니라고 하는데 남자가)

"괜찮아요, 들어와요. 어디서 오셨수?"

"아, 한국에서 왔어요."

그러자 여자가 반갑게 삼성 휴대폰을 꺼내며, 자기가 한국을 참 좋아한다고 한다.

한국 과자라도 들고 올걸.

"아직 문 여는 시간은 아니지만 둘러보세요. 안내 자료들도 있고요. 10분짜리 영화도 틀어줄 수 있어요. 볼래요?"

"아, 좋죠."

"두 가지가 있는데, 하나는 이 지역 수력발전 역사에 대한 거고 하나는 Sami족에 대한 거예요."

"수력발전에 대한 거 볼게요."

"오, 당신은 특이하네요. 수력발전에 대한 영화를 보다니."

"전에 북쪽에 들러 Sami족에 대한 책자를 많이 구해봤어요. 좀 지겹죠. 내가 순록도 아닌데."

남자는 알 수 없는 표정을 짓더니, 자그마한 시청각실에 들어가라고 했다. 그럴싸한 10평 남짓한 방에 나 혼자 들어갔다. 남자는 블루레이 판을 들고 와 틀어주고 나갔다. 내용은 나름 재밌었다.

영화를 보고 나오니, 그는 내부에 전시된 자료들을 보여주며 이곳에 대한 설명을 해줬다.

사람이 반가워서 그런 걸까, 그는 참 친절했다.

"Sami족에 대한 내용이 많네요. 근데 그들을 어디 가면 볼 수 있죠?"

"내가 Sami족이에요."

"네?"

그는 자신이 대대로 이 지역에서 살아온 Sami족이라고 했다.

"하지만, 당신은 전형적인 스웨덴 백인도, 그렇다고 원주민인 Sami족 같지도 않은데…."

"우리 할머니가 태국 사람이에요. 그래서 아시아 사람

사미족 친구 - 민머리지만 나이는 나보다 열 살 어렸다.

같이 생겼다는 소리도 종종 들어요."

"아하~ 그렇군요. 어쩐지 처음 봤을 때부터 좀 친근하게 느껴졌어요. 하하."

대화는 오랜만에 친구와 만난 것처럼 부드럽게 술술 넘어

갔다. 그는 커피라도 한잔하고 가라고 했지만, 갈 길이 멀다고 하는 나에게 안내 책자를 더 챙겨주면서 아쉬운 작별을 했다. 그와 만남은 처음엔 낯설었지만 짧아도 신선했으며 떠날 때는 아쉬움이 남았다.

사람을 오래 자주 만난다고 그 향기가 더 많이 나는 것은 아니다. 이런 짧은 만남에도 더 오래가는 여운을 남길 수 있다. 나는 오히려 짧지만. 향기 나는 만남을 더 많이 갖고 싶다.

그가 챙겨준 Laponia라는 책자에는 이 지역에서 자란 Sami족 할머니의 인터뷰가 실려있다.

"나는 여기 Stuor Julevu(Laponia 내 Stora Lulevaten 호수의 한 지역)의 호숫가에서 자랐는데, 얼음이 녹기 시작하면 사람들은 낚시를 시작해요. 우리는 큰 배가 있어서 모든 식구가 가재도구와 개들까지 태우고 움직이는데, 바람이 너무 세면 다시 물가로 돌아와 기다리곤 했죠.

(점점 얼음이 녹아) 서쪽까지 갈 수 있어 산속 세상이 열리면,

아빠는 yoik(Sami족의 전통음악)을 불렀죠. 그때 말고는 노래하신 적이 없었어요. Stuor Muorkke(Laponia의 북서쪽)는 우리가 모두와 만나는 장소였어요. 같이 놀고 인사하며 지냈죠. 그땐 라디오도 없었지만 여러 소식들을 거기서 들었어요. 한 곳에서 낚시가 끝나면 다음 장소로 옮겨 다녔는데, 우리는 호수의 어디에 물고기가 있는지 알았어요. 모두 자기들만의 낚시 포인트들을 가지고 있었고요…."

유럽의 변방인 스웨덴은 전반적으로 척박한 땅이다. 스웨덴에서도 오지인 북쪽에서부터 러시아의 최북단이라고 할 수 있는 콜라반도까지, Sami족은 빙하시대가 끝나갈 무렵인 12000년 전부터 살아왔다.

이런 척박한 자연환경에서 그들이 살아남을 수 있었던 건, 얼음이 녹으면 낚시를 시작하고, 바람이 세면 기다리고, 그렇게 열린 산속 내에서 세상을 만나며, 호수의 물고기를 따라 낚시하는, 단순하지만 세상에 순응하며 일상에 감사하는 모습 때문이 아니었을까. 얼음을 깨부수고, 바람을 거스르거나 호수의 물고기를 몰아가듯 세상을 거스르며 살았다면, 자연은 그들의 삶을 허락하지 않았을 것이다.

우리는 욕심과 이기심 때문에 세상을 거스르며 살면서도, 감사하기는커녕 왜 이렇게 사는 게 힘드냐고 외로워하고 괴로워하며, 순리대로 살지도 않고 서로 사랑하지도 않으면서 넘을 수 없는 장벽을 쳐가며 사는 건 아닌지. 나도 옛날엔 '사랑하기에' 같은 노래를 들으면서 촉촉한 감성을 가지고 순리대로 살아간다고 생각했었는데. Sami족의 '순응과 감사'라는, 자연을 닮은 삶을 생각하며, 차의 시동을 다시 껐다. 힐링과 반추, 반성의 시간이 차 안에서 흐르고 있었다.

나는 나이 듦을 탓하며 불만을 품고 한숨만 쉬지 않았던가?
주위를 둘러보면 감사할 일이 너무 많은데.
이제 나는 그를 찾으러 Laponia로 들어간다.

[떠나는 영혼을 지켜보기]

스웨덴의 15개 유네스코 지정 세계문화유산 중 하나인 Skogskyrkogården(영어로는 Woodland Cemetery). '국립 공동묘지'라고 소개되는데, 스웨덴어 그대로 해석하자면 '숲속의 묘지'라는 뜻이다. '죽으면 숲으로 돌아간다.'라는 북유럽의 장례 문화가 담긴 곳으로 1917년에서 1940년까지 조성되었으며 스웨덴의 대표 여배우 Greta Garbo를 비롯한 10만여 묘가 있는 스웨덴 최대의 공동묘지 중 하나이다.

현대 추모 공원 건립에 큰 영향을 준 점을 인정받아 1994년 유네스코 세계문화유산으로 지정된 이래, 공동

묘지가 주는 음산한 느낌보다는 평상시 시민들이 조용히 산책하거나 조깅, 자전거를 타는 휴식 공간의 이미지가 크다. 스톡홀름 남부에 위치해 우리 집에서 차로 한 10여 분이면 도착하다 보니, 나도 주말에 가끔 가족과 가서 아이는 자전거를 연습시키고 아내와 함께 조용히 쉬다가 오기도 했다.

주변을 산책하다 보면 가끔 중국인과 같이 스웨덴인이 아닌 이들의 묘비를 볼 때도 있었고, 그럴 때마다 고향을 떠나 여기 먼 북구의 나라에서 숨을 거둘 때 얼마나 고향 하늘을 그리워하고 가족들을 그리워했을까 하는 생각도 들었다. 아주 먼 남의 얘기인 줄 알았는데 얼마 전 스톡홀름에 있는 내 주변에서 그런 일이 일어났다. 함께 일하던 평범한 청년의 이야기다.

그는 스웨덴어를 전공했던 아버지를 따라 사춘기가 시작될 무렵 스웨덴에 왔다고 한다. 아버지는 몇 년 뒤 한국에서 직장을 구해 돌아갔고, 남겨진 어머니와 형과 그, 셋은 스톡홀름에서 이십여 년을 살았다. 어머니는 스웨덴이 자랑하는 복지 관련 시설에서 유능하고 친절한 요양 관리사로 주변 사람들의 사랑을 받으며 두 형제를 열심히 키웠다. 언뜻 보기에 형과 나이 차이가 꽤 나 보이는 그는 막내로 특히나 어머니의 사랑을 많이 받은 것처럼 보였다.

그러던 올해 8월 그의 아버지가 한국에서 정년퇴직하며 20여 년간의 기러기 생활을 마무리하게 되었고, 그의 가족들은 스웨덴에서 가족 모두가 아파트가 아닌 가정집을 구해 꽃을 키우고 강아지를 돌보며 채소도 키우는 소박한 꿈을 갖게 되었다고 한다. 11월 중순 아버지가 한국의 모든 걸 정리하고 오면 재회하는 그림 같은 미래가 그 앞에 펼쳐져 있었고, 가족들은 손꼽아 기다렸을 것이다.

4시만 돼도 밤처럼 변하는 스웨덴의 늦가을, 10월의 마지막 주. 어떻게 그런 일이 일어날 수 있을까.

그의 어머니는 정말 갑자기 황망하게 세상을 떠났다. 그의 아버지가 돌아와 재회하기로 한 날이 19일밖에 남아 있지 않은 날이었다. 오랫동안 병상에 있었던 것도 아니고 건강했었던 어머니이기에 그의 죽음은 아들에게 말로 표현 못할 충격이었다. 그는 실성한 사람처럼 목놓아 울었고 나는 그것을 지켜볼 수밖에 없었다. 가족이 한 집에 모인다고 생각했던 그날이 바로 오늘이었다.

나는 오늘 Skogskyrkogården의 믿음의 예배당(The Chapel of Faith)에서 거행된 그의 어머니 장례식에 참석했다. 누군가에겐 휴식 공간이라고 여겼던 이 공원이 누군가에겐 숲으로 돌아가는 공간이란 사실을 일깨워 주는 시간이었다. 조문객들에게 나누어준 식순 카드의 사진에서 62년의 생을 마감한 고인이 나지막이 웃고 있었다. 1시간 동안 진행된 장례식은 잔잔한 음악과, 시 낭송, 헌화를 통해 고인을 추억하며 나지막한 흐느낌 속에 스웨덴 특유의 차분함과 함께 이어졌다.

그중 조문객들을 가장 눈물짓게 한 것은
가족 대표로 나온 막내 여동생의 마지막 작별 인사(hälsningar)였다.

"언니는 꽃을 참 좋아했어요. 오늘 여기 계신 분들로부터 많은 꽃을 받아 언니가 아주 기뻐할 것 같네요. 하지만, 언니가 꽃보다 더 사랑했던 것이 있었어요.

우리 자매는 셋이 모두 떨어져 살아왔어요. 큰언니는

스톡홀름에, 둘째 언니는 도쿄에, 저는 미국에.
우린 너무 오래 떨어져 살아왔어요. 그래서 올해 초에 셋이서 통화를 하면서 제가 제안했어요.
우리 언젠가 한국으로 돌아가 한 집에 모여 살자. 둘째 언니는 너무 좋다고 했어요.

큰언니는?
큰언니는?
왜 답 안 해?

한참 동안 말하지 않던 큰언니가 말했어요.

나는… OO 씨(남편)가 있잖아….

언니는 늘 OO 씨, OO 씨, OO 씨였어요.
언니는 정말 남편을 사랑했어요.
그렇게 정말 형부를 사랑하고 살아온 것 같아요.
그런데…”

한국말이 서툴러서 할 줄 아는 한국 단어는 '큰언니'밖에 없는 것 같은 막냇동생이었지만, 마지막 잇지 못한 그의 말 한마디는 OO 씨 - 남편 - 의 눈물을 터뜨리고야 말았다. 예배당 안의 모두가 참았던 눈물을 흘리며 흐느끼기 시작했다.
예배당 가운데 놓인 관에 손을 얹고 쓰러질 듯 몸을 가누지 못하며 아내의 이름을 부르고 눈물을 흘리는 그의 모습은 지금껏 봐왔던 그 어떤 이별보다 슬픈 장면이었다.

조문객들이 헌화를 마친 후, 예배당의 문이 열렸다.
스웨덴 출신의 전설적인 가수 Ted Gärdestad의 'För Kärlekens Skull(사랑을 위해서)'가 흘러나오면서 사람들은 하나둘씩 떠났다.

차분하고 경건한 분위기에서 시작해, 고인을 추억하며 그리움을 쏟아내고, 다시 고요한 애도 속에 마무리하는, 스웨덴 사람들의 떠나는 영혼을 지켜보는 모습은 죽으면 숲으로 돌아간다고 생각하기에 떠나간 사람과 남겨진 사람이 공존하도록 만들어 놓은 Skogskyrkogården의 모습과 많이 닮아있다.

돌아오는 길에 한 '말기 암' 유튜버가 카메라를 켜고 마지막으로 남긴 말이 생각났다.

“솔직히 투병 생활이 많이 힘들어서 이제 조금만 더 버티면 된다고 생각하니 마음이 편안해진다.”,
“돈으로 해결할 수 있는 고민이 가장 작다.”,
“여러 가지 여러분도 고민이 많고 문제도 많겠지만 늘 긍정적으로 행복했으면 좋겠다. 불행하면 자기 손해다. 1분 1초도 자기 자신을 불행하게 하지 말라”고 하면서 희미하게 웃던 그 모습.

오늘 저녁 집에 돌아갔을 때 내 집에 내 아내가 있고 내 아이가 어제와 같이 나를 기다리고 있으며 내일도 함께 살아갈 수 있다고 기대할 수 있기에 감사하고, 느끼며, 사랑해야겠다. 그래서 스톡홀름의 이 긴긴밤조차 감사하기만 하다.

고민이 깊을 때 해결하는 방법

Laponia는 크게 4개의 대표적인 국립공원으로 구분이 되는데, Padjelanta, Sarek, Muddus, Stora Sjöfallet이 그것이다. 전날 지도를 펴놓고 어떻게 하면 다 돌 수 있을까를 고민했는데, 워낙 넓은 지역이라 12시간을 운전해도 세 곳만, 그것도 거의 날림식으로 볼 수 있을 것 같았다. 또한 경우의 수를 따져보니, 최대한으로 돌려면 사실 이곳에 온 이유이기도 한 Naturum Laponia를 맨 마지막에 들러야 하고 그것도 두 시간 정도만 머물러야 했다. 고민이 깊어갔다. 다 보고 싶은데.

'그래도 보고 싶은 것부터 봐야지.'

나는 Naturum Laponia가 있는 Stora Sjöfallets/Stuor Muorkke 국립공원 쪽으로 향했다. 'Stora Sjöfallets'은 '큰 폭포'라는 스웨덴어고, 'Stuor Muorkke'는 '대량 수송(great portage)'이라는 뜻의 Sami족어(語)다. 둘 다 함께 적는 것은 스웨덴 정부가 Sami족을 존중하는 의미도 있지만, Laponia는 Sami족어에서 유래한 지명이 많다는 것을 반영하기도 한다.

여행 중 만난 스웨덴인에게 물어봐도 "이건 아마 Sami족어일 거야. 왜냐면 Stuor, Muorkke, luokta 같은 단어들은 스웨덴어가 아니라 핀란드어하고 가깝거든. Sami족의 대부분은 핀란드에 살고 핀란드말과 그들의 말이 비슷한 경우가 많지. 그런 Sami족이 여기 많이 살아와서 지금도 그들의 언어가 여기에 많은 거 같아"라고 한다.

어쨌든 Stora Lulevatten 호수를 따라가는 길은 평일 오전이라 그런지 나밖에 없었다. 이 호수에서 시작한 룰강(Luleälven)은 460km를 흘러 북동쪽 대도시인 Luleå에 다다른다. 45번 국도에서 빠져 Naturum에 이르는 길은 1시간 정도 되는데, 마치 나 혼자 이 넓은 데를 전세 낸 것 같았다.

전에는 이런 길을 드라이브한다면 신나는 노래를 틀어 놓고 막 소리 지르면서 미친 듯이 달리는 것을 꿈꿨다. 굳이 하나 꼽자면 Crying Nut의 '말 달리자' 같은 노래? 그래서 울랄라세션 - 체리필터 - 러브홀릭의 노래를 볼륨을 높여 틀었다. 그런데 이상하게 내 기분하고 안 맞았다. 마치 포스터물감으로 수묵화를 그리는 느낌?

오히려 처진 달팽이의 '말하는 대로'를 트니까 더 좋았다. 이렇게 내 맘대로 틀 수 있는 공간인데, 왜 신나는 노래가 맞지 않을까? 해석을 못 내린 내 입은 저절로 그 노래를 따라 부르고 있다. 이제 스무 살의 빠른 곡보다, 이 노래같이 고민이 담긴 노래가 더 맞을 그런 나이여서 그런가.

어느덧 만년설이 덮인 산들이 멀리 보이면서 Naturum에 도달했다. 입구에서 300m를 들어가니 Naturum이 모습을 드러냈다. 지어진 지 좀 돼서(2014년 완공) 그런지 생각보다 낡은 오두막 같은 느낌이 들었다. 그래, 나도 나이 먹었으면서 뭘…. ^^ 내부는 그냥 소박했다. 대충 둘러보고 나와서 주변 길을 돌았다. 이곳은 안내소의 설명보다 그냥 밖에 앉아있는 게 훨씬 나은 것 같았다.

항상 여행하면 사진만 찍고 다음 장소로 서둘러 옮겼던 내가, 오늘은 그냥 한자리에 아무 생각 없이 앉아있었다. 멀리 보이는 산은 만년설인 줄 알았는데, 빙하가 녹아내리는 거란다. 또, 주변 바위들은 자주색을 띠는 사암(sandstone)인데 이 지역에서만 볼 수 있다고 한다.

바위 위에 낀 초록색 이끼는 몇천 년 동안 바위에 붙었다는데, 그래서 아무리 문질러도 안 떨어진다. 자주색 바위와 초록색 이끼가 아주 예쁘게 잘 어울린다. 필요에 따라 이리저리 붙고 떨어지는 인간들의 군상에 찌들다 보니, 그들의 조합이 부럽다는 생각이 스쳐 간다.

생각을 마치고 시계를 보니, 이미 오후 1시를 넘기고 있다. 여기서 다시 45번 국도를 타고 Sarek 국립공원 입구의 Kvikkjokk 교회를 보거나 스웨덴 최고 수심을 자랑하는

Hornavan 호수를 다녀온다는 건 거의 8시간을 더 운전해서 자정에나 숙소로 돌아온다는 걸 의미했다.

그래도… 언제 또 여기 와 보겠어, 어차피 midnight summer라 자정에도 훤할 텐데. 갔다 와서 내일 오전 늦게까지 자면 되지. 하며 차를 몰기 시작했다. 점심은 가다가 챙겨 온 사발면에 온수를 부어 먹으면서 가는 거지 뭐. 액셀러레이터를 밟으며 예상 시간보다 빨리 갈 수 있겠다는 생각도 들었다.

너 또 오버하냐

그런데… 갑자기 차에 경고등이 들어왔다. 엔진오일이 부족하니 교체가 필요하다고. 젠장, 이제 달리기 시작했는데…. 당장 차가 퍼진 건 아니지만, 한참 가다가 퍼진다면 자칫 산골짜기에서 밤을 새울 수도 있겠다.

차를 세우고 잠시 식혔다가 시동을 걸어봐도 노란색 경고등은 계속 들어왔다. 렌터카 고객센터에 전화하고 상황을 설명하자 상담원은 잠시 후 연락을 주겠다고 하고 깜깜무소식이다. 두려운 생각이 들었다. 이렇게 외진 데 오면서 혼자 오는 건 위험한 발상이었나. 잠시 후회도 했다.

전 세계가 여름 이상 기온으로 난리가 나서 그런지 스웨덴 북부인데도 온도가 33도를 넘고 있었다. 차를 좀 식혀야겠다는 생각이 들었다. 마침 주차된 차가 있어 그 뒤에 세웠는데, 노부부가 돗자리와 카메라를 들고 내려 호숫가로 간다. 나도 따라서 내려갔다.

겨울이 길어 햇볕이 귀한 스웨덴인들은 여름에 바다나 강가의 바위에 누워 일광욕을 즐기는 경우가 많은데, 이 부부도 그래서 이 호숫가를 찾은 듯하다. 전에 나도 다른 곳에서 보기만 하다가, 한 번 따라 해 볼까 하는 생각에 다시 차에서 신문지를 들고 내려가 바위 위에 펴고 누웠다. 어 따뜻하니 괜찮네.

누워서 생각해봤다. 차량 계기판에 뜬 경고등은 '너 또 오버 해서 여행하냐?'라는 경고가 아닐까. 그래, 오늘 하루만 16시간 600km를 달리는 게 말이 되나. 나는 또 여러 군데 찍기식 여행의 습관을 버리지 못하고 브레이크 없이 달리고 있었다. 조금 전 Naturum에서 그렇게 살지 말자고 해놓고.

생각을 바꿨다. 여기 이 Stora Sjöfallets/Stuor Muorkke 국립공원이나 제대로 보고 돌아가자고. 그 길에도 볼거리는 많을 것이다. 생각을 바꾸니 당장 누워있는 바위 앞에 펼쳐진 Stora Lulevatten 호수가 제대로 보이기 시작했다. 야, 여기 참 예쁜 호수구나. 이 옆을 달리면서 정작 이 물 한 번 만져볼 생각을 안 했다니. 얼마나 한심한가. 멈춰야 볼 수 있는 아름다움이 무진장으로 펼쳐져 있었다. 나는 본격적으로 발을 담그고 주변을 둘러보았다. 멈춰야 보이는 그 풍경을.

다시 올라와 차의 시동을 걸었다. 경고등은 여전히 켜져 있었다. 뭐 어때 쉬엄쉬엄 가지. 한 30분 가다가 얼마나 계곡물이 깊은지 검은 물이 쏟아지는 길가에 차를 대고 사발면을 가지고 내렸다. 마침 여행자가 쉬어가라고 탁자도 있어, 라면에 물을 붓고 주위를 둘러보았다. 지상 최고의 미슐랭 6스타급 식당이다. 조식 뷔페에서 집어 온 삶은 달걀은 오늘도 체내 가스 생산에 일조하고 있었지만, 어제 사우나에서처럼 눈치 보지 않고 부담 없이 시원시원하게 뿜어댔다. 야, 이게 대자연하고 하나가 되는 거야! 라고 웃어대면서.

이후에도 차량 경고등은 꺼지지 않았지만, 슬슬 운전하고 오다 보니 다행히 숙소에 저녁이 되어 도착했다. 오는 길에 슈퍼에 들러 맥주와 각종 요깃거리를 사서 방에 돌아와 퍼지게 먹고 누웠다. 행복했다.

잠깐 자고 일어나 씻으려고 했는데 눈떠보니 다음 날 새벽이었다. 온종일 뛴 거리가 3백여 km에 불과했지만, 국도여서 피곤했나 보다. 커튼을 열어 밖을 보니, 하늘에는 이곳에서의 마지막 구경거리인 midnight summer 밤하늘의 별이 아니라 동이 트는 새벽 구름이 아름답게 수놓고 있었다.

새벽 3시 북구의 여름 밤하늘 - 지구는 23.5도 기울어진 게 맞습니다.

나는 마음이 이끄는 대로 다녔다.

가고 싶은 대로 가고 앉고 싶으면 앉고 눕고 싶으면 누웠다. 마지막엔 차 문제로 장거리를 뛰지 못했지만, 오히려 나는 앞으로 460km를 흘러 달려갈 Stora Lulevatten 호수의 물들을 느꼈고 지상 최고의 식당에서 라면을 즐겼다.

오늘 하루의 일과는 지나간 나의 인생에 대해 반성을 요구한 것 같다. Laponia의 4개 국립공원을 하루에 600km를 달려서라도 가서 발을 디디고 사진을 찍으려 했던 것처럼, 너무나 많은 것에 욕심을 내고 정작 내 몸과 마음은 지치는 줄도 모르게 달려온 거다. 차라리 멈추고 느리게 보면, 남에게 보여줄 사진은 많지 않아도 달렸기에 보지 못한 주변의 소중한 것들을 좀 더 많이 볼 수 있었을 텐데.

미래의 세속적인 성공을 머리에 담고 가슴이 바라는 현재의 행복을 누르고 살았다. 누군가의 말처럼 행복은 양의 문제가 아닌 빈도의 문제인데. 지금 누릴 수 있는 소소한 행복을 외면하고 무작정 앞만 보며 달렸다. 후회를 그치지 않으면 눈물이라도 날 것 같다.

지난밤은 불면증도 없이 푹 잤다.
밖이 저렇게 밝은데도 말이다.

I'll never worry, tonight.
불꽃같이 살다가 40에 생을 마감한 ZARD의 리드보컬 坂井泉水의 노래 가사처럼.

내 인생이니까

중3 때부터 숙제가 아닌 나 자신과 얘기하기 위해 일기를 쓰기 시작했다. 이제는 시대가 변해 일기장은 블로그로 바뀌었다. 온라인에 있으니 일기를 보겠다고 창고를 뒤질 일도 없다. 참 편한 세상이다.

힘들고 생각이 복잡할 때마다 몇 년 전 비슷한 날짜의 일기를 들추며 그땐 어떤 생각을 하고 있었을까 찾아본다. 2011년 10월 23일 일기에는 첫 해외공관 근무지였던 포르투갈에서 한 - 포르투갈 수교 50주년 기념 문화행사 사진이 있다.

환하게 웃는 모습이 왠지 낯설다. 지금 다시 저 공연팀이 온다고 해도 그때처럼 웃지는 못할 것 같다. 늘 나와 거리가 있다고 생각했던 어른들처럼 멀찌감치 떨어져서 웃고 있겠지. 맘속으론 나도 들어가고 싶지만…. 이라고 생각하며.

지나간 일기장은 마약 같다. 보면 좋은데, 보고 나면 마음이 무겁다. 고작 그게 지금까지의 아주 짧지만, 잠깐이나마 해보는 일상 탈출이었다.

많은 사람이 일상 탈출을 꿈꾼다. 특히, 나같이 소위 사추기의 홍역을 앓고 있는 사람들일수록, 떠나고 싶다, 혼자만의 여행을 가고 싶다 등등 아주 입에 달고 산다.

카카오 브런치만 해도 '사추기'라고 치면 적지 않은 글들이 나온다. 그 고민의 내용들이 나와 너무 비슷해 놀랄 때도 많다. 하지만 대부분은 고민, 거기까지다. 나 역시도 그랬다.

볼링을 처음 치러 갔을 때였다. 던지기만 하면 도랑으로 빠지고, 볼이 손가락에서 안 빠져 그대로 팔을 360도를 돌려 쿵 찍은 적도 있다. 창피했다. 주변 사람들이 다 킬킬대는 거 같아 더 안 됐다. 곤욕이었다. 그때 같이 간 형이 말했다.

"야, 아무도 너 신경 안 써. 생각하지 말고 그냥 쳐."

그랬다. 지금은 옆자리에 바보가 생쇼를 해도 안 쳐다본다.

중년의 나이에 사추기라고 괴로워하고 그렇다고 일상을 탈출하는 건 또 주저하고.

이 또한 아무도 신경 쓰지 않는다.

슬픈 일일 수도 있다. 아니, 슬프다.

내가 처음 마누라 몰래 여행을 다녀온 후 아주 뿌듯해하며 나중에 들키면 어떡하지? 했는데, 아내는 1년이 지나도록 상설할인매장에 떨이 세일만도 못할 만큼, 나의 일탈엔 관심이 없었다. 나중에 그런 사실이 있었다고 얘기하고 은근히 컴퓨터로 브런치에 글을 쓰는 걸 내비쳐도 관심이 없다.

그래서 아예 직원이랑 같이 간다고 하고, 더 나아가 혼자 간다고 해도 별 관심이 없다. 가장 많은 시간을 보내고 가장 가까운 아내가 이럴진대, 다른 이들이 나를? 말해서 뭐 해.

그러니, 마음 가는 대로 하자.

이제 중년인 사람 중 누군가, 특히 남자가, 사추기로 괴로운 불면의 날들을 보낸다면, 지금 일어나서 나가라고 얘기하고 싶다.

혼자만의 여행을 꿈꾸면 하루 버스표 끊어 근교라도 나가보고 춤을 배우고 싶다면 쉘 위 댄스처럼 학원에서 스텝 좀 밟고 레슬링 배우고 싶다면 반칙왕처럼 도장에서 깨지며 기뻐하고, 살아있음을 느껴보라고 말하고 싶다.

이 글에서 내가 한 세 번의 일탈도 아주 길게 한 것 같지만 다 합치면 1년 중 9일이고 그중 6일은 주말이다. 10일도 안 되는 동안 얻은 게 있다면, 우울했던 삶이 조금은 긍정적으로 바뀐 거.

중년의 삶을 적은 어느 책을 보면, 60대를 맞이한 작가는 비교적 여유가 생기고, 하고 싶은 일을 특별한 목적 없이도 할 수 있는 나이가 되면서 글 쓰는 것 말고, 매년 새로운 걸 하나씩 하겠다고 마음먹었다고 한다. 40대에서 넓게는 60대 중후반을 지나는 중년 남성들도 하고 싶은 말이 많고, 사회와 가정에서 여전히 중요한 역할을 하고 있고 관심받아 마땅한데 자꾸 소외되는 것 같아 속상하다고 한다. 이를 극복하기 위해 더 나이 들면 음악 봉사를 다니겠다며 석 달째 피아노를 배우고 있는데, 너무 재밌단다. 분명 철저히 좌절될 꿈이겠지만, 좌절되기 전까지의 설렘이 있기에 일상이 지리멸렬하게 느껴지지 않는다고 한다.

나도 그렇다. 이제는.

전에는 소파에 앉아 벌써 은퇴 이후의 삶에 대한 유튜브를 많이 봤는데,

이제는 책상에 앉아 당장 주말에 근처 벼룩시장에서 중고 미드 DVD 세트가 싸게 나올지 기대도 해 보고, 월말 그리고 연말에 또 내년에 그리고 다음 해와 앞으로 펼쳐질 남은 날들을 기대해본다.

왜냐면, 지금까지도 그랬지만

앞으로도

내 인생이니까.

4장

전지적 중년 시점 - 다섯 가지

요즘 들어 중년 남자에 관한 책들도 많이 나오고 베스트셀러가 되기도 한다. 그만큼 그 시기의 사람들이 겪는 외로움이나 허전함을 공감하는 이가 많아서 그런 것 같다.

대부분 유명 강사나 저명한 교수님들이 하는 말씀이나 글인데, 본인이 직접 경험했다기보다는 이론서 같은 느낌이 들었다. 남의 얘기를 전달하거나 그렇게 살아야 한다는 지침서 같은 내용들이다 보니 이게 실제로 볼 때는 끄덕끄덕하다가도 얼마나 그 나이대 사람들의 고민을 해결하는데 도움이 될는지. 중년의 고민은 이론보다는 그를 전지적으로 이해하는 태도가 더 큰 도움이 될 가능성이 높은 거 아닌가 싶다.

내가 누구에게 훈수를 둘 만한 위인은 아니라서 그렇게는 못 하겠고 실제로 내가 해보고 또 하고 있으면서 중년의 위기를 넘기는데 위안이 되었던 걸 공유하려고 한다.

전지적 중년 시점에서 경험한 다섯 가지를 소개한다.

[쓰기 - 브런치북 출판 프로젝트 도전기]

초등학교 입학 전, 서울 변두리 방화동에서 살았는데 70년대 후반 그곳은 서울이란 테두리가 무색할 정도로 논밭이 많았고 뽕나무밭도 많아 잠사 공장도 있던, 무늬만 서울인 시골이었다.

예닐곱 살이 되던 해, 같이 놀던 친구들이 모두 유치원에 들어가면서 나는 집에서 개나 고양이하고 놀거나 혼자 있는 시간이 많았다. 물론 엄마가 계셨지만, 형이 학교를 마치고 돌아올 때까지 마루에 앉아 여러 가지 공상을 많이 한 시절이다. 그때의 공상이 나에게 글을 쓰도록 이끌었던 것 같다.

1시간을 걸어야 도착했던 학교에 들어가면서 가고 오는 길은 그런 공상을 더 키울 수 있도록 여러 가지 볼거리를 주었다. 하굣길에 시골 같은 자연환경도 있었지만, 친구들과 가게에서 10원짜리 사탕 사 먹으면서 가져온 빨대로 개구리를 잡아 꼽고 누가 빨리 터뜨리나 바람을 불어 넣는 장난을 치고, 우리 집에 세 들어 사는 고등학생 누나가 불러 동네에서 팔다가 찌그러진 호떡 몇 개를 주면 신나서 얻어먹고 오는 기억도 상상의 소재가 되었다.

그렇게 시골 같은 동네에서 초등학교 2학년 때 조금은 더 도회지 같은 중곡동으로 이사를 오며 나는 큰 변화를 겪었다. 6월 초 전학을 와서 다음 달에 경향신문사가 주최한 전국 학생 글짓기 대회에서 상을 받게 되었다. 학교에 들어가 난생처음 받은 상이었다. 어머니는 너무 좋아 언제 또 이런 거 타겠냐고 액자를 만들어 마루에 걸어놓았다. 그런데 교내 백일장, 한국일보 등 언론 주관 전국 백일장까지 이상하게 상을 계속 탔다. 글을 쓰는 일은 다른 애들에게 나의 존재감을 심어주는 좋은 기회가 됐다.

중학교에 입학하면서부터 교내 백일장에서 상을 받지 못했다. 교지에 실리는 입상작들을 보면서 그들이 나의 글보다 뭐가 나은지 찾아보려고 했지만, 별로 잘 썼다는 느낌을 받지 못했다. 다만, 입상자들이 학교에서 공부를 잘하는 애들과 일치하는 걸 보면서, 이런 백일장에 참여하는 건 의미가 없겠다고 생각했다.

하지만 글을 쓰는 일은 계속했다. 중학교에 들어가면서 어머니가 가게를 하시기 시작했고, 아무도 없는 집에 혼자 앉아서 할 수 있는 일 중에 그게 제일 괜찮다고 생각했기 때문이다. 만화 그리고 글도 쓰며 질풍노도의 시기라는 사춘기를 넘겼다. 답답한 현실의 숨구멍이라고나 할까.

대학에 들어가 4학년 때 나는 처음 단편소설을 교지에 실었다. 나의 자전적인 이야기를 소설로 쓴 건데, 내가 쓴 글이 활자화되어 불특정 다수에게 읽힌다는 건 나를 흥분시켰다. 그러나 대학을 졸업하고 나서부터 그럴 일은 별로 없었다. 사회생활은 항상 발등에 떨어진 불을 끄기에도 바쁜 편이었으므로. 그런데도 항상 조금씩 습작은 했다. 만화든 글이든. 그러다 보니 회사 SNS에도 게시되며 '역시 난 죽지 않았어'라고 생각했었다.

그러다 중년이 되었다. 청소년기가 '질풍노도'의 시기라면 중년기는 '폭풍격랑'의 시기 같다. 누구 말처럼 나도 중년이 처음이라 어찌할 바를 몰랐다. 이곳저곳 부딪치며 마음의 상처도 많이 받았고 괴로움에 잠 못 드는 날들도 너무 많았다.

어렸을 때 그러듯 '엄마~' 부르며 도와달라고 소리칠 수도 없고, 평생을 함께할 것 같던 친구들도 멀어진 지 오래되었다. 나는 중년이 주는 거대한 무게를 피할 방법을 알지 못했다. 집에서도 아내나 아들은 나를 의지하는 사람이지 내가 의지하는 사람은 아니었다. 하루 대부분을 보내는 직장도 전쟁터일 뿐 누군가와 교감할 수 있는 곳은 아니었다. 누가 그러듯 직장은 돈 벌러 가는 곳이지 사람을 사귀러 가는 곳이 아니라고 수없이 되뇌어도, 마음의 공허함을 달랠 길은 없었다.

할 수 있는 유일한 일은 일기장에 답답함을 털어놓는 것뿐이었다. 말 상대가 없는 상황에서 마지막으로 두드린 문을 열고 들어가 대화하는 느낌이었다. 다시 경험해보고 싶지 않은 기억이다.

그런데 나는 막상 하루를 보내며 일기를 쓰고 뭔가를 끄적이는 그 시간을 기다리고 있었다. 누군가 내 얘기를 들어주는 것처럼 나에게 이야기를 들려주는 그 시간이 편했다. 반평생 가장 꾸준히 하는 일이 바로 글쓰기였다. 글쓰기는 세상에서 버틸 수 있게 해 준 오랜 친구였다.

그러다 불현듯 대학 때 단편소설을 발표했던 기억이 떠올랐다. 그래, 혼자만 쓰지 말고 아예 세상으로 나가볼까? 블로그에 글을 올릴까? 그런데 블로그에 쏟아지는 이상한 블로그 임대 요청 메일을 보면서 다른 쪽은 없을까 찾아보다가 카카오 브런치를 발견했다. 작가라는 과정을 통과해야 글을 쓸 수 있다는 게 더 매력적으로 느껴졌다.

그간 쓴 글이 없나 뒤지다가 잘 썼다고 생각하는 것을 다듬어 작가를 신청했다. 그래 전국 대회에서 상 받은 적도 있고 사람들도 내가 글 잘 쓴다고 하는데 뭐~ 당연히 되지 않겠어? 작가가 되면 뭘 쓸까~ 등등 즐거운 상상을 하다가 일주일도 안 돼 회신받았다. 발신자가 'brunch'인 제목 '작가 신청 결과 안내해 드립니다.'였는데, 이승환의 노래처럼 왜 슬픈 예감은 틀린 적이 없나 라는 감이 딱 맞아떨어졌다.

'안타깝게도 이번에는 모시지 못하게 되었습니다.'

아… 충격이었다. 될 줄 알았는데. 그나마 잘할 수 있다고 생각했는데 떨어지자 실망감은 이루 말할 수 없었다. 단순히 시험에서 떨어지거나 상사에게 질책받는 것과는 다른 실망감이었다. 남들에게는 보여주지 않은 책상 속 깊숙이 간직하고 있던 비밀을 꺼냈는데 외면받은 느낌? 얼마 동안은 마음이 휑한 채로 일기도 쓰지 않았다. 이제 뭘 찾을 수 있을까. 나는 정말 아무것도 없는 사람이라는 느낌이 들었다. 이렇게 잔불만 남아 사그라지는 나이가 중년이라는 것이 살갗으로 느껴지는 순간이었다.

길지 않은 인생을 돌아봤을 때, 행운은 계획하거나 찾는다고 얻는 것이 아니라 파랑새처럼 어쩌다 보니 옆에 와 있었다. 바라고 희망하면 시간은 걸릴지언정, 언젠가는 찾아오는 것이다.

브런치북 작가 신청에 떨어진 그때는 코로나가 한창일 때라 여름 휴가철이 다가와도 특별히 계획을 세울 것도 없었다. 유럽에 근무하게 되면 휴가 기간에 이웃 나라도 쉽게 갈 수 있는 게 장점이었는데, 코로나로 입국 규제도

심했지만(스웨덴은 다른 나라와 다른 방역 정책으로 주변국에서도 입국에 제한이 있을 때였다) 본부에서도 근무하는 주재국을 이탈하지 말라는 지시가 내려와 어디 나갈 수도 없었다.

북유럽 하면 떠오르는 대표적인 관광지는 노르웨이나, 덴마크, 아이슬란드 등이지 스웨덴은 사실 별로 알려진 것이 없다. 실제로도 주변국에 비해 웅장한 자연환경이나 세련된 유럽 본토의 문화도 없고 관광에 그렇게 신경을 쓰는 것 같지도 않은 스웨덴은 많은 사람이 찾는 곳은 아니어서 평소에도 스웨덴 국내를 돌아다닐 생각은 별로 없었다. 하지만, 외국으로 나갈 수도 없는 상황에서 나는 우연히 스웨덴 내륙을 관통하는 자동차 여행을 하게 되었다.

4일 정도의 짧은 여행이었지만, 의외로 많은 감동을 주는 여행이었고 형언할 수 없는 추억을 안겨다 주었다. 마치 다락방에 먼지가 수북이 쌓여있는 책장 속에서 엄청난 보물을 찾은 것처럼, 그것은 나에게 잊을 수 없는 사건이었다. 여행한 하루하루가 나에게 소설 같았다고 할까.

여행의 마지막 날, 어느 시골 작은 도시의 허름한 식당에서 점심을 먹는데 대사님이 문자를 보내왔다. 뭔 일 있나? 하고 확인해 보니 '박태진 참사관, 외교부 혁신 파일럿 프로젝트 - 우수 업무 노하우 공모전 수상, 축하합니다'라는 문자였다. 지난 4~5월 전 직원 대상 혁신 파일럿 프로젝트에서 '재외공관 청사 이전 길라잡이'라는 내용으로 응모했었는데, 평가한 직원들로부터 가장 많은 점수를 받아 상을 받게 된 것이었다.

한참 지나서 신경 쓰지 않았다가 상을 받게 된 것은 내가 다시 브런치북 작가에 응모하는 용기를 불어넣어 주었다. 집에 돌아와 남은 기간 조금씩 습작을 했고, 8월 다시 응모했다. 길이나 내용으로 볼 때 길이도 짧고 평범한 주제여서 운동으로 치면 힘을 빼고 했다고 볼 수 있고, 엄청나게 꾸미기보다는 주변에 흔히 볼 수 있는 글을 썼다고 생각하니, 보내고 나서 아휴 내가 그렇지 뭐 하는 생각도 들었다.

그리고 며칠 뒤, 난생처음 '작가'라는 소리를 듣게 되었다. 신기한 기분이었다.

내가 쓴 첫 글은 속은 썩이지만 '아빠'라는 타이틀을 가져다준 세상에서 유일한 존재인 아들 이야기였다. 자식 하나를 더 낳은 기분이랄까? 내가 쓴 글이 올라오고, 더 신기한 건 다른 이들이 내 글을 보고 댓글을 달아준다는 것이었다. 알림음에 따라 하트가 붙고 댓글이 달리면서, 글을 쓰고 나면 몇 개가 달릴까 밤잠을 설쳤다.

첫해는 뭐가 뭔지도 모르고 글을 올렸다. 브런치북 만들기에 대한 소개 게시글이 많았지만, 아휴 저런 걸 내가 어떻게 만들어. 하는 생각이 들었다. 나이 들면 휴대폰 기능 익히기도 쉽지 않은 것처럼 문득 퇴화해 버린 나를 탓하면서.

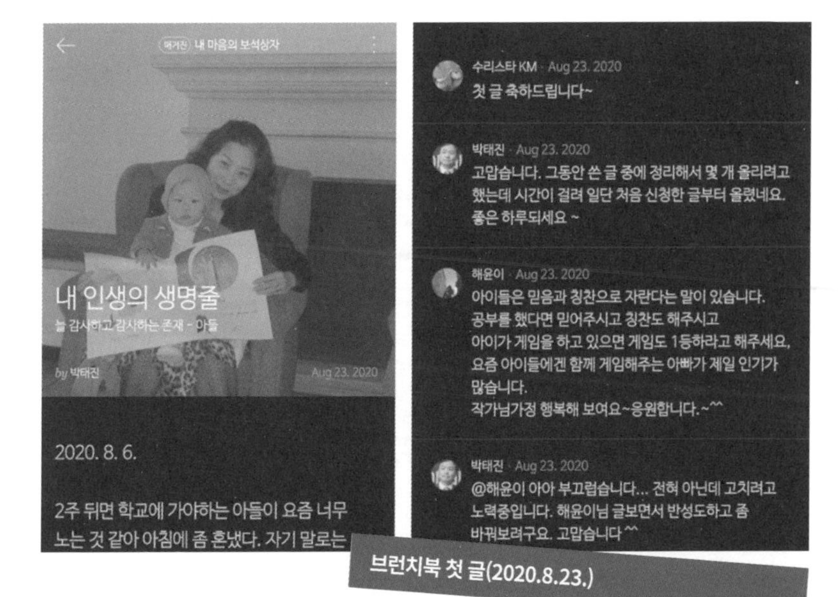

브런치북 첫 글(2020.8.23.)

그러다가 제8회 브런치북 출판 프로젝트 결과가 발표되고, 나도 한 번? 이라는 욕심이 들었다. 그래서 그해 겨울부터 지난여름에 스웨덴 내륙을 관통했던 여행에 대한 기억과 사진들, 메모, 안내소에서 가져온 책자들을 다 동원해 하나하나 쓰기 시작했다. 문제는 한 편을 쓰는 데 시간이 너무 많이 들어갔다. 심지어는 한 달이 걸리기도. 또 2021년은 일이 많아지면서 시간도 부족해 휴가 기간에도 날을 잡아 쓰는 노력을 했지만, 여전히 부족했다.

또 그사이에 갔었던 여행도 추가하다 보니 10월 말이 돼서야 허겁지겁 브런치북을 만들 수 있었는데, 아무리 봐도 부족하기만 했다. 또, 기존 수상자들은 구독자도 몇백명인데 나는 고작 몇십 명뿐. 이래서 되겠나 하는 생각만 앞서게 되었다. 그런 상태에서 제9회 프로젝트에 응모했고 결과는 당연히 낙방이었다.

그럼 그렇지, 내가 무슨… 하는 생각에 다시 한동안 글쓰기를 손에서 놓았다. 다시 무기력함이 찾아왔고 사무실에서 어려운 일들도 터지면서, 끝도 없는 슬럼프에 빠졌다. 그 무렵에는 주변에 이런 고독을 얘기할 수 있는 사람도 많지 않다 보니 사무실에서도 점심시간에도 혼자 보내는 시간이 많았다. 그러면서 끊임없이 창밖에 대고 답을 찾으려 했던 것 같다. 도대체 이 무기력함과 끝없는 걱정을 떨치려면 어떻게 하지?

그러던 어느 날 퇴근길에 벤치에 잠깐 앉았다 가려다 스마트폰을 켜고 예전에 썼던 글들을 보게 되었다. 이때는 마치 아르키메데스가 목욕탕에서 뛰어나오듯이 써 내려갔었군. 나만 이런 걱정을 하고 살아가고 있을까? 아닐 텐데. 좀 더 다듬으면, 나 같이 살아가는 중년 남자들도 공감할 수 있을 텐데. 다시 고쳐 쓰고 다듬으면서 뭔가 탈출구를 찾고 싶었다.

허겁지겁했던 지난해와 달리, 여유 있게 다시 쓴 브런치북을 만들었고 촉박하지 않게 응모했다. 크게 기대도 없었다. 뽑히지 않아도 그냥 나의 중년기를 정리한 책이라 생각하니 두고두고 봐도 좋을 선물 같은 책이 되었다.

2022년 하반기는 정말 바빴다. 스웨덴에서 브라질로 임지도 옮겨 새로운 삶과 사무실에 적응해야 했고, 국정감사, 사건 사고, 브라질 대선과 그에 따르는 특사단 등 일이 끊이지 않았다. 정신없다 보니 응모했던 기억도 잊혔다.

11월 28일 브런치북 앱에 알림 하나가 떴다. 어?

'출간·기고 목적으로 브런치팀님이 제안을 하였습니다! 내용은 브런치에 등록하신 이메일을 확인해주세요.'

바로 메일을 확인했다.

행운은 어쩌다 보니 옆에 있었다. 바라고 희망하면 그렇게 찾아오는 것이었다.

특별상 후보작 선정.

brunch   brunch.co.kr

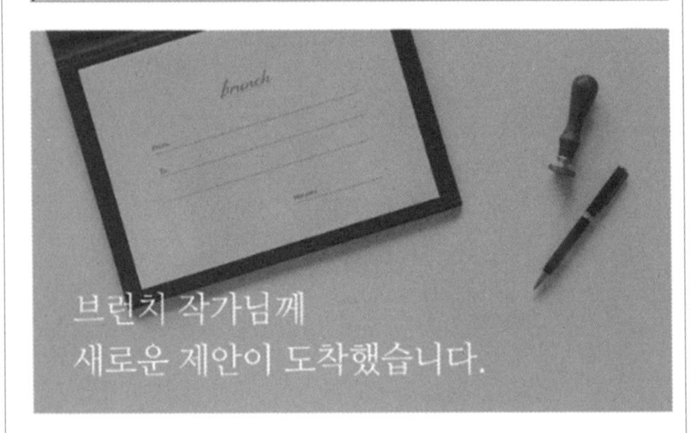

안녕하세요, 작가님!

브런치팀입니다.

출판사 가세에서 작가님의 작품 <마누라 속이기 in Sweden>을 제10회 브런치북 출판 프로젝트 특별상 후보작으로 선정하여 연락드립니다.

"야! 내가 브런치북 출판 프로젝트에 붙었어!"
라고 아내에게 말하고 싶어 입이 근질근질했지만 참느라 한동안 애먹었다. '마누라 속이기'의 클라이맥스였다.

그리고 얼마 후 해당 출판사 관계자분께서 메일을 주셨다. 한 번도 보거나 얘기를 나눈 적도 없는데 '엄마에 대한 권리 회복, 자아 성찰, 자기 계발 등의 내용은 많았지만, 남편이라는 존재는 마치 갑인 것처럼 취급되어 논의의 대상에서조차 제외된 것이 현실이다. <마누라 속이기>는 흥미로운 문장으로 이루어져 가족을 위해 헌신하는 중년 남편의 위기와 로망, 자아에 관련된 주제를 다루고 있다. <마누라 속이기>의 타이틀에서 전화로 체크하는 아내에게 착한 거짓말을 하고 여행을 실현하는 내용은 시기적절하게 남편들에게 전하는 자기실현, 자아 회복의 힐링 에세이가 될 수 있다고 생각한다.'라고 평가하며 내가 쓴 취지를 너무 잘 알아주시는 것 같았다.

그렇게 12월 브런치북 출판 프로젝트 수상 소식을 듣고 지인들에게 연말 인사를 보내면서 같이 내 브런치북도 첨부해서 보냈다. 의례 나오는 답처럼 축하해. 책 나오면 꼭 사볼게. 등등의 답장이 왔다.

가장 친한 대학 동기가 동기 모임 밴드에 사실을 올리겠다고 했다. 좀 쑥스럽긴 했지만 "그래"라고 하면서, 예전에 내가 그렸던 허접한 만화나 글에도 환호해 주던 친구들이 아닌가? 라는 생각에 무슨 반응이 나올까 또는 오랫동안 연락이 끊겼던 이들의 연락도 있지 않을까 하는 기대도 했다.

하지만 예상과 달리, 그 글에는 '좋아요' 5개만 달렸을 뿐 별다른 반응은 없었다. 혼자만의 착각이고 기대였을까. 오히려 생각지 못했던 동기 한둘에게 카톡이 왔을 뿐. 브런치북에는 아무런 글이나 구독에 대한 것은 없었다. 얼마 전에 자신이 고위공무원으로 승진했는데 축하 전화를 두 통 정도밖에 못 받았었다는 어느 지인의 넋두리가 생각났다. 남을 미워하는 것보다 축하해주는 것이 더 어렵다는 말도.

6년여 세월 동안 뭐가 변했을까. 변한 게 있다면 그동안 우리는 점차 다가오는 나이 먹은 이들이라는 편견과 경쟁 속에서 중년에 다다랐다는 것. 그뿐인데. 하지만 그 하나가 큰 것이었다.

내가 힘들고 외로운 터널을 지나오는 동안 그들이라고 그러지 않았을까. 그런 그들에게 누군가를 축하해주는 여유를 바라는 것은 너무 큰 욕심이었을지도 모른다. 언젠가부터 동기들의 게시판에 승진 축하 글도 올라오지 않은 지 꽤 됐으니. 그렇게 한 꺼풀 한 꺼풀 떨어지는 것이 맞이해야 할 현실이었다. 나에게 중년이라는 현실은 그런 것이었다.

새로운 일도 일어나기 시작했다. 브런치북 출판 프로젝트 수상 공지의 영향인지 조회 수도 조금씩 늘고, 구독자 수가 조금씩 늘기 시작했다. 물론 남들처럼 몇 배씩 팍팍 늘어난 것은 아니지만, 화분에 씨앗을 뿌렸는데 새싹이 조금씩 올라오는 느낌? 그렇게 모르는 사람들의 하트가 달리고 댓글이 달리며 구독자가 생겨나기 시작했다. '브런치북 인사이트 리포트'를 통해 누적 조회 수도 6,600명이 넘어가고 의외로 내 브런치를 보는 사람들이 50대 여자분이 제일 많고, 그다음은 40대 여자분들이라는 사실도 알게 되었다. 누군가로부터 칭찬받고, 공감하며, 댓글로 소통하는 것도 참 즐거운 일이다.

학교 다닐 때, 학년이 올라가면서 반이 바뀌고 친구들이 바뀐다. 처음에는 낯설었던 친구들이 시간이 지나면서 익숙해지고, 나중에는 예전 친구들보다 더 친한 친구가 되는 경험을 갖고 있을 것이다. 나는 중년이라는 삶의 중대한 시기를 경험하면서 많은 사람과 멀어져 갔지만, 이제 새로운 친구들을 맞이할 준비를 하고 있다. 나에게 그 교실은 '브런치북'인 거 같다.

학생이 교실에서 공부를 통해 무언가를 좋아하는 자신을 발견하듯이, 브런치북에서 오랫동안 글을 써 왔고 지금도 글 쓰는 일을 좋아하며 앞으로도 계속할 것이라는 사실을 깨닫게 된다. 그래서 늦게 일어날 수 있는 주말, 새벽 시간에 늦도록 글을 쓸 수 있는 주말이 기다려진다.

나의 브런치북 1호인 '마누라 속이기' 수정 작업의 마무리는 스웨덴을 떠나기 몇 달 전에 찾았던 고틀란드(Gotland)섬에서의 어느 날 밤에 이루어졌다. 스웨덴에서 가장 큰 섬인 고틀란드는 애니메이션의 명장 미야자키 하야오 감독의 대표작 '마녀 배달부 키키'의 배경이기도 하고, 탕웨이가 김태용 감독과 비밀리에 결혼식을 올린 곳으로도 유명한 이름다운 섬이다.

이 섬은 중세의 흔적을 고스란히 지녀 세계문화유산으로 지정될 만큼 유명하지만, 사실 이 섬이 아름다운 가장 큰 이유는 화려하고 번잡한 중세 문화 유적보다 하루를 묵고 다음 날 아침에 맞이하는 고요함 때문이다. 사람이 적은 스웨덴에서도 본토에서 떨어진 외딴섬이라 그 고즈넉함은 말할 수 없으려니와 그것이 극대화되는 아침이 가장 조용하고 외로울 시간이지만, 그러기에 자신을 돌아볼 수 있고 혼자만의 시간을 가질 수 있어 그 모든 공간과 시간이 온전히 내 것이 되는 곳이다.

아내도 도착한 첫날을 보내고 두 번째 날 맞았던 에어비앤비 숙소의 테라스에서 함께 마셨던 커피 한잔이 스웨덴에서 보낸 3년 중 가장 행복한 시간이었다고 한다. 세상에서 가장 화려한 인생을 사는 영화배우와 영화감독이 그들의 비밀 결혼식 장소로 여기를 선택한 것도 그 때문이 아니었을까. 나도 점점 이렇게 조용하고 고즈넉한 게 좋은 나이로 가는구나.

그때는 그 외로움이 앞으로 펼쳐질 나에게 기쁨으로 다가올지 우울함으로 다가올지 몰랐는데, 그런 막연함 속에서 마무리했던 브런치북이 2022년을 행복하게 마무리해주었고, 앞으로도 그렇게 고즈넉할 나의 중년에 막연히 좋은 친구가 되고 놀이터가 되어줄 것 같다.

10년 후 나는 브런치북에 뭐라고 쓰고 있을까. 아마 '마녀 배달부 키키'가 썼던 그 문장을 쓰고 있지 않을까. 지금처럼 마녀 배달부 키키 OST를 틀어놓고 행복하게 글을 쓸 수만 있다면.

'가끔 우울하기도 하지만, 나는 괜찮습니다(おちこんだりもしたけれど、私はげんきです。).'

[그리기 - 만화를 그리는 이유]

만화를 잘 그리는 것은 아니지만 그린 지는 좀 오래되어 이제는 숨을 쉬듯이, 생활의 일부가 되었다. 에이 이런 거 그려서 돌리면 사람들이 우습게 보지 않을까 생각하다가도, 아이디어가 떠오르면 늘 그리고, 공유하고 같이 웃고 그것이 주는 쾌감에서 벗어나지 못한다. 그래서 중년이 되도록 철없는 만화를 그리나 보다.

학생 때는 만화책을 만들기도 했지만, 직장생활 이후로는 간간이 몇 컷 그릴 뿐 장편은 엄두를 낼 수가 없다. 하지만, 간간이 생활 속에서 얻어지는 아이템으로 만화는 계속 그린다. 대상은 제한이 없다. 상사, 동료, 가족 그래서 내 만화는 '생활' 만화에 가깝다.

만화를 그리기 시작한 것은 기억할 수 있는 시간 이전부터다. 어렸을 때, 집에 장난감이 별로 없으니 형은 숟갈로 사발을 두드리면서 놀았다는데, 나는 연필하고 종이를 주면 온종일 동그라미를 그리고 앉아있었다고 한다. 그림인지, 낙서인지, 글씨를 쓴 건지 모르겠지만, 나의 그림그리기는 아주 어릴 적부터 시작된 것 같다.

그러다가 초등학교 입학 전 '졸라맨' 같은 형식의 그림을 그리기 시작했고, 학교에 들어가선 달력을 8등분으로 찢어 만화를 그려 10원씩 받고 애들에게 나눠줬던 기억이 난다. 그러던 만화는 어느덧 사람의 형태를 갖춰갔고, 3학년 때 당시로서는 혁신적인 개념이었던 '만화로만 구성된 월간지' 보물섬이 창간되면서 나도 만화책 형태의 작품을 만들었다. 처음 그렸던 만화는 '콩콩이'라는 제목으로, 만화책이랍시고 그려 학교에 들고 가면 애들이 주변에 몰려들어 보곤 했었다.

만화를 그리기는 했지만 만화방을 다니거나 만화책을 보는 것을 좋아하지는 않았다. 만화방에 처음 간 것도 대학교

3학년 때 집 열쇠를 잃어버려 어디 시간 때울 때를 찾다가 처음 갔었다. 나는 만화를 보는 것보다 그리는 것이 행복했다. 만화를 그리다 보면 만화의 배경에 들어간 것처럼 착각에 빠져서 오늘은 하와이를 가볼까~ 하면서 해외로 나가는 주인공을 그리며 대리만족했다. 가장 오래된 독자인 형도 내 만화를 좋아했다.

집이 이사하는 과정에서 없어지긴 했는데, 주로 아버지 회사에서 남는 프린터 용지 뒷면을 합쳐 16~20면 정도의 만화책을 만들었고, 친구들이 세련되지는 못하지만 나름대로 유머가 있던 내 만화를 많이들 좋아했었다. 당시 PC 바람이 불면서 60명 정도 되는 한 반에 부잣집 애들 1~2명 정도가 애플 2 같은 컴퓨터를 가지고 있었다. 방과 후면 애들은 대여섯 명이 몰려가 5.25인치 디스켓을 넣고 돌리면 녹색 화면에 떠오르는 게임을 신기해하며 순번을 기다렸다. 가끔 컴퓨터 가진 애들이 나만 몰래 집으로 데려가서 오락시켜주었는데, 그 조건은 '내 앞에서 다음 만화 장면을 그려줄 것'이었다. 독자가 있다는 생각에 꽤 우쭐하며 친구가 준 빼빼로를 물고 집에 돌아오던 일이 기억난다. 초등학교 졸업 교지의 표지를 그릴 때까지 친구들은 나를 '만화 그리는 애'로 기억해주었다.

동네 그림 수준이던 만화 수준은 중학교에 들어가 실력자들을 만나면서 조금 나아졌다. 당시 유명했던 일본 애니메이션 건담 시리즈나 마크로스 등을 바탕으로 수준급의 로봇 만화 실력을 갖춘 애들이나 먼나라 이웃나라 같은 학습 만화에 이르기까지 좋은 교재들이 넘쳐났다. 특히 2학년 때는 두 명의 친구와 함께 만화책을 100권까지 만들었고(학교에 다닌 건지 만화 그리러 다닌 건지) 3학년 때 고등학교 입시를 앞두고도 열심히 그렸다. 그래서 원하는 학교도 가지 못하긴 했지만.

고등학교에 들어가서는 아예 단순 만화책에서 요즘으로 치면 라이트 노벨 수준의 만화책들을 만들었다. 그러면서도 선생님들이나 친구들에 대한 패러디도 많이 했는데, 예를 들면 "수업 시간에 조는 놈들은 숟갈로 눈알을 파버리겠어!"라고 종종 말씀하시는 수학 선생님 그림을 그리고 정말 숟갈로 눈알을 들고 있는 그림을 그리거나, 친구 중에 머리가 나쁜 놈은 엑스레이를 찍어도 철대가리라 엑스레이가 안 찍히고 사진이 나왔다는 등의 그림을 그렸다. 나중에 그 숟갈 선생님에게 걸렸는데, 인품이 좋은 분이라 '눈 좀 크게 그려 인마'라며 한참 웃으시던 모습이 생각난다. 만화 그리는 데 정신 팔리다 보니 그해 대학입시에도 실패했다.

대학에 들어가서 나는 좀 더 자유롭게 만화를 그릴 수 있었다. 워낙 학생 수가 적은 학교다 보니, '취미가 만화 그리기입니다'라는 말에 학보사 컷 기자로 오라는 둥 미술동아리 만화분과위원회로 들어오라는 둥 여러 제의가 많이 들어왔다. 나는 정통 만화를 그려보겠다는 생각에 만화분과위원회로 오라는 선배를 찾아갔는데, 회원이 몇 명이냐는 질문에 '너랑 나, 둘이다'라고 말하던 것이 생각난다.

하여간, 1학년 때 동기생회지, 2학년 때 학보사에 가끔 만평도 내고, 2학년 때와 3학년 때는 교지에 '한국인의 특성'과 '율리시스의 활 - 수사권 독립'에 대한 기획만화를 내었다가, 졸업 직전에는 Adachi Mitsuru라는 작가에 심취해 순정만화틱한 그림에 빠지기도 하고 아예 소설도 쓰곤 했다. 아, 그래서 그랬나 그해 대학원 입시에도 실패하는 일관성을 보여주며, 학창 시절 만화 역사는 그렇게 저물어 갔다.

대학을 졸업하고 시작된 사회생활에서 만화를 그리는

대학 시절의 습작.

여유는 찾을 수가 없었다. 90년대 대학가 시위 현장, 구도심과 산동네, 사창가까지 있었던 동네의 파출소장, 인구가 폭발하기 시작했던 수도권의 한 경찰서에 이르기까지 20대의 시간은 정처 없이 흘러가고 있었다. 그럴 시간도 없었지만, 그 당시 20대 초급간부였기에 나이보다 더 나이 들어 보여야 한다는 분위기가 나를 억누르고 있었고,

만화라는 것이 지금과는 다른 평가를 받던 시절이기에 스케치북은 항상 덮여있었다.

2001년 운 좋게 경찰청으로 전출을 받았고, 어찌 보면 경찰서보다 약간 기업 같고 특기를 발휘할 수 있는 분위기라 만화를 그린다는 것은 상사나 동료들에게 호감을 느끼게 해주는 요소가 되었다. 나이가 비슷한 사람들도 많아, 사무실 내 과장님이나 동료에 대한 풍자만화는 서로 킬킬대며 스트레스를 해소해 줄 수 있는 소재가 되었는데, 예전처럼 책을 만들어 그린다기보단, 포스트잇 같은 메모지에 단발성으로 그렸지만 짜릿하고 재미있었다.

결혼 후, 아내에게 메신저로 내가 그린 만화를 종종 보내며 소통했다. 아내와 싸웠을 때도, 미안할 때도, 비꼴 때도 그렸던 조각들을 아직도 간직하고 있다. 10년이 넘어버린 그림이지만 지금도 보면 피식하고 웃는다. 외교부로 전직하고 해외 생활을 시작하면서 처음 살아보는 낯선 환경에다 초년 부부의 미숙함으로 다툼이 있을 때, 가끔은 만화로 편지를 쓰고 그림을 남기고 출근하기도 했는데 그러다 보면 쌓인 감정도 눈 녹듯이 녹았다.

포르투갈 시절 소통 만화.

① 아들을 데리고 거의 지구 반 바퀴 날아온 깨순이.

② 아들과 마주하는 재밌을 동안 눈물로 기다렸는데..
과연은 깨순이가 잘 볼 수 있을까..

③ 그러나 우여곡절 끝에 드디어 리스본의 집에서 우리 가족은 첫 해외생활을 시작하게 되었다.

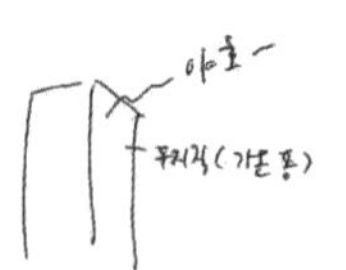

④ 혼자서 3개월간 살면서 오면은 정말 잘해주고 좋은 남편·아빠가 되야지 했는데

⑤ 오늘 아침 출근하면서 생각해보니 어제는 깨순이한테 짜증만 낸 것 같았다

⑥ 사실 집 구하고 50개의 짐을 들이며, 짐을 구하는도 터지는 매일, 우박에도 열심히 짐을 옮겨가며 정리했는데...

⑦ 깨순이가 집보고 별로 좋아하지도 않는 거 같고

⑧ 보낸 짐 다 어딨냐는 깨순이 114개 짐을 다 풀던 나는요 정리하는. 사실 그런 것만 물어봐 몸도 피곤한데 짜증이 나서였다.

⑨ 가져가는 사무실 나와서 면길도 깨순이에게 좋아 스레기 대했다는 생각이 안 한 마음에 많이 든다. 미안했다.

⑩ 깨순아. 여기도 잘 살면 한국보다 훨씬 더 살기 좋아.

"좋은 날씨" "발레(여러·보기) 관람"
"유럽 최고는 싼 물가" "안전한 치안"
"한국 방송·전화 다 잘 되서 한국에 있을 때보다 더 자주 연락 가능"
"관광 발달되면 주변 나라 ~ 등 포르투갈 방방곡곡 다녀보겠어~"
"한국보다 가족끼리 있는 시간 많은 점"
"친절하신 착한 한국인 직원들"

⑪ 앞으로는 더 잘해줄께—
행복하게 포르투갈에서 살아 보자구—

tae 2009.

나이 들면서 점점 글씨를 못 쓰는 것처럼, 학창 시절 예쁘게 잘 그렸던 것만큼 만화를 잘 그리지는 못하지만, 순간순간 아내와 아들과 만들어가는 만화는 추억의 저장소가 돼가고 있다. 내 만화를 보고 웃던 형과 친구들 대신 이제 아내와 아들이 웃어주고 있다. 그래서 못 그리는 그림이라도, 나는 내 만화가 고맙다.

서른여섯이라는 늦은 나이에 외교부로 전직하고 숱한 어려움과 좌절이 많았지만, 그래도 좋은 점 중 하나는 아무래도 이리저리 떠돌아다니는 인생이다 보니 보고 배우는 점들이 더 많고 그것이 만화의 소재나 영감이 되는 경우가 많다는 점이다.

출장이 많은 부서에서 근무하다 보니 힘든 점도 많았지만, (의자에서는 절대 잠을 못 이루는 특성상 나이가 들수록 이코노미석에서의 10시간 이상은 쉽지가 않다) 그 과정에서 많은 자료를 수집할 수 있었다. 언젠가 이걸 만화로 그려봐야겠다는 생각을 늘 했지만, 바쁜 일정은 그럴 여유를 주지 못했다.

그러다 첫 해외공관 근무지였던 포르투갈에서의 시간이

마무리되어갈 즈음, 포르투갈은 계속된 경기 불황에 시달리다가 IMF 구제금융을 신청하기에 이르렀고 경제 담당이다 보니 유럽 주재 특파원들뿐 아니라 국내 언론사에서도 적지 않은 문의가 들어오게 되었다. 내가 처음 가졌던 생각처럼 당시 한국에서 포르투갈은 잘 알려지지도 않았고 좀 낡은 유럽의 뒷골목이라는 이미지를 가진 상황에서 구제금융까지 받게 되니 비전 없는 국가라는 부정적인 인식만 깊어갔다.

출근할 때 보이는 실업자 수당 신청을 위해 늘어선 사람들, 구조조정에 시위를 거듭하는 길거리, 식당을 가도 어두운 사람들의 표정. 2년 넘게 살면서 정들었던 어쩌면 나의 첫사랑 같은 나라가 경제위기에 신음하는 것이 안타까웠고, 나와 내 가족의 첫 해외 생활을 포근하게 감싸주었던 이 나라에 대해 안타까움이 커졌다. 집에 돌아와 그동안 라면상자로 두 개나 모았던 자료들도 별 쓸모없이 버려야 하느냐는 생각이 들었다.

하지만 버리기엔 그동안 사람들을 만나고 구석구석 찾아다니며 느끼고 보았던 시간이 너무 아깝기도 했고, 시집가는 딸이 마지막으로 친정에 뭔가를 남겨주고 싶다는 마음에 포르투갈에 대한 만화를 그려보기로 했다. 저녁에 퇴근해서 포르투갈과 한국과의 관계, 왜 IMF 외환위기를 겪게 되었는지, 그런데도 포르투갈에 주목해야 하는 이유 등을 중심으로 100페이지 정도를 목표로 그리려 했는데 시간도 없고 막판에는 1주일 휴가를 내서 그렸는데도 결국 30페이지 정도로 마무리 짓게 되었다. 제목은 '포르투갈 스토리'

만화는 질의를 해왔던 기자들과 당시 처음 부임했던 지상사 법인장들에게 보내주기도 했지만, 어찌 보면 나의 포르투갈 생활에 대한 정리였고 첫사랑에 대한 보은이었다. 그 이후로, 해외 근무가 끝날 때마다 그 나라에 대해 뭔가를 정리하고 기록을 남기게 되었다. 포르투갈을 떠난 후, 2012년 7월 부내에서 'MOFAT STORY'라는 자체 SNS가 나와 그때 만화를 보냈는데 의외로 인기를 끌었다. 부내 사람들과 가족만 볼 수 있었음에도 2주 만에 600명이 넘는 사람들이 보았고 많은 칭찬도 받았으며, 9월까지 종합 순위 1위를 하고 장관상도 받으며 나중엔 본부에서 만든 책자에도 실리게 되었다. 비매품이긴 했지만, 나의 첫 작품 대외 출판 데뷔였다.

포르투갈 스토리.

Henrique 왕자가 다져놓은 수준높은 항해기술과 아프리카 항로에 대한 정보는 동방항로 개척을 국가적 사명으로 여긴 주앙2세에 의해 더욱 본격적으로 추진되었고,

Born to go the EAST!
(동방으로 가기위해 태어났다!)

1488년 바르톨로뮤 디아스가 아프리카 최남단 희망봉에 도달해 아프리카가 동쪽으로 이어져있다는 것을 발견했으며,

거의 동시에 육로를 이용해 인도로 파견되었던 페드로 드 카브랄은 인도에 도착한 이후 다시 동아프리카로 건너가 인도와 동아프리카 해안 관련 정보를 주앙2세에게 보고했다.

그즈음, 스페인의 지원을 받은 콜럼버스가 대서양을 건너 신대륙을 발견(1492)했다는 소식은 포르투갈·스페인 모두에게 미묘한 긴장을 조성하게되었는데...

양국은 서로간의 이익을 보장하고자, 세계를 2등분하는 토르데시아스조약(Tordesilas Treatment)[3]를 체결하게되고(1494),

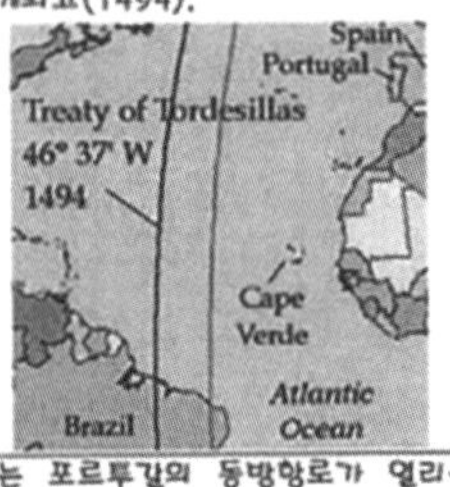

이를 바탕으로 포르투갈은 수십년간 개척해온 아프리카 해상 탐험에 대한 확실한 권리를 가지게된다.

주앙2세에 이어 즉위한 마누엘1세의 지원을 받은 바스코 다가마는 1497년 7월 리스본을 출발, 모잠비크·케냐 등 동아프리카를 거쳐 1498년 5월 인도 캘리컷에 도착했는데,

이는 포르투갈의 동방항로가 열리는 것을 의미하며, 370년 후 수에즈 운하가 개통될때까지 동서양을 오가는 대형 선박의 주요 루트가 되었다.

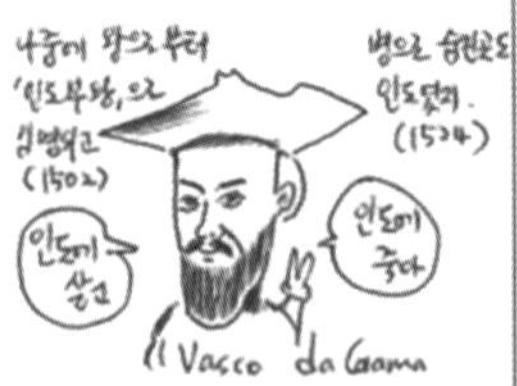

당시 포르투갈은 인구 120만의 작은 나라였기 때문에 동방항로 개척의 목적은 영토확장이 아닌 무역이었으며, 이를 위해 무력으로 주요 거점들을 장악했는데,

1510년 인도의 고아를 거쳐1511년 말레이반도의 말라카까지 점령한 후, 비단·황금의 교역을 위해 중국에 진출했고 은의 수입을 위해 일본 나가사키에 무역상관(1543년)까지 두었지.

이렇게 개척된 포르투갈의 항로무역 루트는 강력한 해군력을 바탕으로 점차 안정적으로 운영되었는데,

이를 바탕으로 이미 16세기 중반부터 포르투갈은 한반도의 바로 문턱에 있었던 세계적인 항해국가였던거지.

리스본 벨렘광장에 있는 포르투갈의 항해기록 바닥

가까웠구만!

이후로 브라질, 중국 근무를 거치면서 비슷한 만화를 그리려는 생각과 자료 수집은 이어졌지만, 실천하지는 못했다. 너무 바빴고, 여유가 없었다. 브라질 있을 때는 도저히 시간이 될 것 같지 않아 글로만 정리했고, 중국 역시 자료만 쌓아두었을 뿐이다. 스웨덴도 마찬가지였지만.

공무원 중에 외교관들처럼 책을 많이 발간하는 직종은 없는 것 같다. 한 달에도 몇 권씩 나온다. 나까지 거기 합류할 만큼 대단한 건 아니지만, 나는 만화로 책을 낸 첫 외교관이 되고 싶다. '원미동 사람들'이나 '응답하라 1988'처럼, 쉽게 읽히고, 또 드러나지 않는 곳에서 열심히 살아가고 있는 외교부 비주류 조연들의 삶과 외교관으로 보았던, 만났던 사람들의 이야기를 사람 냄새 나는 글과 만화로 그려보고 싶다.

"생각보다 만화 그리기를 오래 했네요! 근데, 왜 전혀 엉뚱한 직업으로 살아왔나요?"
이번 글을 쓰다 보니 가끔 이런 질문을 받는다.

그렇다. 만화는 내가 기억할 수 있는 시간의 이전부터 나와 함께해왔고, 지금도 같이하고 어쩌면 앞으로도 함께

할 것이니 정말 오랜 시간을 같이해왔다. 어떤 큰돈을 벌어다 주거나 명예를 준 것도 아니었다. 그냥 곁에 있었고, 함께하는 순간이 행복했다. 만화는 삶의 피난처였는지 모른다.

무뚝뚝한 성격에 잘 표현하지 못하는 나에게 만화는 아내와 아들에게 나의 메시지를 전달해줄 수 있는 메신저였다. 아내도 좋아하고 이제는 시키지 않았는데 아들이 어느 때부터 저 혼자 만화를 그리고 이야기를 만들고 책을 만들어 나에게 보여준다. (물론 구성과 그림 실력은 뭔 소리인지 모를 정도로 엉망이다) 신기하다.

직장에서도 별말이 없는 나에게 만화는 '희한한 재주를 가진 사람'으로 포장해준다. 특히, 나이 들수록 젊은 직원들과의 소통에 있어 만화는 좋은 창구 기능을 해준다. 계급과 세대를 뛰어넘고, 여전히 어렵긴 하지만, 그들과 소통할 수 있다는 것은 요즘 같은 세대 단절 시대에 다행스러운 일이다.

한 총영사관에 근무할 때 대학생 인턴 직원이 있었는데, 그 역시 만화 그리기를 아주 좋아하는 직원이어서 종종 자신이 그린 만화를 내 책상에 올려놓곤 했다. 늘 남에게 그려주기만 했지, 받아본 적은 없었는데, 만화가 소소한 행복과 위안을 준다는 사실을 알게 해 준 계기가 되었다. 그래서 수만 년 전 인류가 태초에 동굴에서 살 때도 벽화를 남긴 게 아니었을까.

가족과 직장 동료들과 공유했던 만화를 앞으로 어떻게 그릴까 하는 생각이 든다. 이제 내가 그린 만화를 심심풀이로 보고 픽 웃는 사람들은 있겠지. 하지만, 언젠가부터

만화를 통한 소통 - 만화를 좋아하는 사람들은 순수해 보인다.

직장에서의 습작.

의식하지 않고 생각하는 대로 조금씩 그리고 있다. 그냥 그려놓고 혼자 본다. 그 재미도 괜찮다.

한번은 출장 도중 공항에서 환승을 기다리며 거울에 비친 내 모습을 스마트폰에 그려보고, 그 그림을 비행기 속에서 한참을 본 적이 있다. 이게 내 얼굴이구나. 내가 언제 이렇게 어른이 되었지 하는 마음에 여러 가지 생각이 들었다. 나를 그리라고 하면 아이를 그렸던 내가, 어느새 넥타이를 매고 입가가 쳐진 어른을 내 얼굴로 그렸다는 생각이 내내 지워지지 않았다.

언제나 외국에 나가보나, 나이 들면 비행기를 타볼 수 있을까, 외국에 나가는 걸 상상하는 만화를 그리던 아이는 어느새 중년 남자로 이렇게 비좁은 이코노미석에 앉아서 10시간 동안 날아가고 있다. 인생은 이렇게 빨리 지나가고 있다. 왠지 모를 실소와 씁쓸함이 묻어났다.

그사이 나는 많이 변했고, 그 많던 친구들은 하나둘씩 사라졌다. 그나마 이렇게 만화를 꾸준히 그리는 것만으로도 그때 추억 하나는 지켜가는 것이 아닐까. 우울해하지 말고 더 힘내 보자는 생각이 들었다. 가만 보니 만화의 자화상이 "야 인마, 재수 없게 썩소 날리지 말고 웃어."라고 하는 것 같았다.

앞으로도 이런 자화상 같은 만화를 그리고 싶다. 그동안 누구에게 보여주고 웃기게 하려고 했던 만화보다는, 남이 그려준 그림에 위로받기보다는, 나에게 보여주고 거기서 위로받을 수 있는 오랜 친구 같은 존재. '내 마음에 비친 내 모습'을 그대로 그려주는, 그런 만화를 그리고(drawing), 그리고(and) 그리고(drawing) 싶다.

첫바퀴 - 아내와 이런 식으로 교류한다. 물론 그 최후는 좋지 않지만.

[듣기 - 홍콩 누아르 키드의 생애]

누군가와 함께 지나간 추억을 회상하고 공감하며 웃으면서 힐링하기 위해 그 시절 노래를 듣는 게 좋다. 가장 가까운 아내부터 직장 동료 심지어는 처음 만난 외국인들까지. 준비를 많이 하지 않아도 좋다.

2020년 12월 아침부터 내리던 눈발은 퇴근길에도 계속 퍼부어댔다. 현지 기상청에 따르면 유럽 전역에 폭풍경보가 발령되어서 그렇단다. 부는 바람과 눈발에 40분 이상을 걸어서 퇴근하니 주말에 먹었던 김치찌개를 재활용해 아내가 새로 끓인 등갈비 찌개도 참 맛있다.

"맛있지 않나?"

정답을 강요하는 아내에게 '어.'라고 대답하며 저녁을 먹고 나니 몸도 어느 정도 녹고 움직이기 싫어진다. 잠깐 쉬었다 책이라도 보자는 생각은 점점 사라지고, 아내가 누워있는 침대 옆에 눕는다. 30분만 누웠다 일어나겠다고.

언젠가부터 피곤한 몸을 누이면 듣는 노래가 있다.

우리들이 함께 있는 밤.

중3 때 독서실에서 10시에 마이마이를 켜면 시작되던 '별이 빛나는 밤'에서 흘러나오던 여러 가지 노래가 있었지만, 이 노래가 특히 잊히지 않는다. 고등학교 입시, 88년의 스산한 가을, 까까머리 철없는 중학생에게도 감성은 있었다. 그런 마음을 달래줬던 노래. 유재하의 노래는 친구들과 같이 불렀다면, 오석준의 노래는 감춰두고 혼자 몰래 꺼내 보는 무언가였다.

"아, 이 노래 괜않네~ 제목이 뭐고?"
노래를 틀면 아내가 시끄럽다고 할 줄 알았는데 의외로

좋아한다.

둘이 천장을 보고 누운 컴컴한 방 안에서 아내와 감성에 젖는다.

"이거 내 중1 땐가 나온 거 아이가"

"기억하네?"

"그땐 엄마도 아빠도 건강하고 언니들이 차려주는 거 먹고 편했는데"

"지금도 편하면서… ㅋㅋㅋ"

말해놓고 둘이 키득키득 웃는다.

"아랫목에 서로 들어가겠다고 담요 파고들다가 안에 있는 밥주발도 엎고…. 그땐 왜 담요에다 밥주발을 넣었었지? 보온밥통이 없었나?"

"아폴로 밥솥인가 있었는데, 취사는 안 되고 보온만 되는 건데 작았어. 밥그릇이 다 안 들어가니까 아랫목에 넣었지."

"그래 그땐 언니들이 연탄불 갈고 오면 좀 있다 따땃했었는데"

"지금도 전기장판에 따듯하면서… ㅋㅋㅋ"

아내와 또 킬킬 웃는다.

"그래도 내가 자기하고 나이 차이가 얼마 안 나서 이런 노래에 공감해 주는 거 아이가."
"…"

한 개 더 틀어본다. 부산 사람이니 부산 것 틀어줘야지.

"그~래~, 근데 이상우가 노래 잘 부르나?"
"야, 이 사람 노래 잘 부르는 사람이야. 원래 잘 부르는 사람들은 듣기엔 쉬워 보여. 나도 이거 많이 불렀지. 여자애들 난리 났었다."
"아… 좋다~"

다시 또 80년대로 돌아가 좋다를 반복하면서 둘이 따라도 불러보고 흥얼대본다.
아내가 좋다고 또 딴 거 없냐고 묻는다.
말하기 전부터 다시 요청하면 비슷한 분위기 노래 뭘 뽑을지를 한참 고민했다.
아예 뒤로 확 땡겨 볼까. 전영록의 '종이학'을 틀어보았다.

"나는 어렸을 땐 이 사람 별로 안 좋아했는데 나이가 드니까 좋아지더라구."
"그~래~ 이 사람 노래도 잘하고 연기도 잘하고 능력이 많다 아이가~"

"어휴 듣기 싫어!"
옆방에서 공부하다 아내 옆에 파고들었던 아들이 노래가 나오자 나가버린다.
나도 아부지 엄니가 가요무대 틀면 질색했었지.

"언제 이렇게 시간이 빨리 지나가 버렸을까? 낼모레 오십이다. 옛날 생각난데이~"

그래, 내가 생각해도 너무 신기하기만 하다.
그래서 요즘 너무 잠이 안 온다.

초등학교 땐 교실에서 이선희의 'J에게'를 모여서 부르던 여자애들이 있었고
중학교 땐 주윤발과 장국영에게 심취해 몰래 성냥개비도 물어보고
고등학교 땐 '별이 빛나는 밤'에 이문세는 왜 맨날 여자들

사연만 틀어주냐고 투덜댔고
(나중에 친구 누나 이름으로 연말 달력 이벤트 신청하니까 받아주더라)
대학교 땐 전람회의 ‘기억의 습작’을 수도 없이 들으면서 외사랑을 하던 시절도 있었지.

사회생활을 하면서 대부분 노래는 삼겹살 회식 - 2차 맥줏집 - 3차 노래방 - 4차 해장국으로 이어지며 부르고 싶던 노래를 불렀다기보다는 상사들이나 선배들의 분위기를 맞추기 위한 노래를 불렀어. 한때 내 별명 중 하나가 ‘람보’였지. 내가 선배들 앞에서 김지애의 ‘물레야’를 부르면 모두 쓰러졌으니. 옆 테이블 사람들도 몰려와 어떻게 그렇게 잘 부르냐며 공짜 술도 많이 먹던 시절이었지.

하지만, 그렇게 나이가 들어가면서 듣고 싶고 부르고 싶던, 내 마음이 부르던 노래를 찾던 기억이 아주 멀어졌던 거 같다. 언제였는지도 기억이 가물가물할 정도로.
그러면서 많은 사람이 잊혀갔고 지워졌지.

나는 그사이 중년이 되었고,
여우가 자기 고향을 향해 머리를 두듯 그렇게 혼자 있으면 아주 먼 시절 좋아했던 노래를 튼다.

내 젊음이 빛나던 시절,

왕가위, 오우삼, 주윤발, 장국영, 양조위…. 검은 선글라스가 잘 어울리던 형들과

내 책받침을 장식했던 임청하를 기억하며.

[걷기 - 지구 한 바퀴, 그리고 서울 둘레길]

911테러가 일어나 모두 비행기를 타고 가는 해외여행을 꺼리던 2001년, 경찰청에 근무하던 나는 "태평양 상공에서 잿가루가 되더라도 외국 땅 한번 밟아보고 싶습니다."라는 강력한 메시지에 피식 웃는 국장님의 미소로 불안에 떨던 중, 운 좋게 외사 요원 국외 연수에 오르게 되었다.

영어 못하는 옆집 삼식이도 가던 해외 배낭여행 한 번 가보지 못한 게 한이 되었던 나는 생전 처음 한국을 벗어나 미국 땅을 밟았다. 출생 이후 28년 1개월 만의 일이었다. 거기서 넓은 세상을 처음 보았고, 성문종합영어와

맨투맨을 베이스로 하는 내 영어도 통한다는 사실에 너무 감동한 나머지 '지구 한 바퀴 돌며 살아 보고 싶다'라는 꿈을 꾸게 되었다. 옥토끼가 사는 달에 인류가 착륙하는 꿈을 꾸었듯이 나에게는 정말 꿈만 같았던 꿈이었다.

세월이 지나 꿈은 이루어졌다. 세 번의 시험을 거쳐 정말 타잔이 간발의 차이로 줄을 타고 건너듯이 간당간당하면서 외교부 전직에 성공했다. 기쁨도 잠시. 새로 바뀐 냉엄한 현실 속에서 중고 신입으로 하루하루를 버텼다.

마침내 2년 후, 해외 근무를 시작했다. 외교부에는 지역별 그리고 언어권별로 자신만의 경력을 쌓는 이들도 많지만 나는 정말 지구 한 바퀴를 돌고 싶었다. 500년 전 마젤란도 세계를 일주했다는데 나라고? 그러다 보니 포르투갈 - 브라질 - 중국으로 이어지며 겉보기에는 진짜 지구를 한 바퀴 돌았다. 꿈이 이루어진 것이다.

아마추어가 프로무대에 뛰어들어 초반에 엄청나게 얻어터지듯이 그렇게 살았다. 도전이라고 하기엔 너무 힘들었다. 해외 근무는 철저하게 외로움에 익숙해져 가는 과정이다. '시작하고 도전해서 여기까지 왔지, 그런데 답을 못 찾겠네'였다. 담배가 유일한 친구였다.

그렇게 6년 반의 해외 근무를 마치고 한국으로 복귀했다. 참 좋았다. 아내와 아들을 데리고 동네를 어슬렁거리거나 시장을 돌아다니며 찹쌀 도넛을 사 먹고 하는 모든 것이 즐거웠다. 또, 친구들도 만나야지.

그러나 얼마 지나지 않아 주변 모든 사람이 너무 바쁘게 살아가고 있다는 사실을 알게 되었다. 중년의 가장으로 살아가는 친구들은 모두 직장에서 살아남기 위해 발버둥 치고 있어 만나면 정리하고 자리를 뜨기에 바빴다. 세상에 하나뿐인 형을 만나도, 저녁에 술 한잔하고 돌아서기 바빴다. 빨리 후딱 갔다 오려고 주말 등산도 혼자 했다. 어느 날 등산로 입구에 앉아 물을 마시다 '서울 둘레길'이란 조그만 홍보 책자를 보았다. 서울 주변을 한 바퀴 도는 거였다. 마라톤을 세 번 완주하는 거리. 157km. 미친…, 저걸 왜 해.

그 후 두 달 만에 저녁에 만난 형에게 술김에 제안했다. "형, 우리 서울 둘레길 한 번 가볼까. 맨날 이렇게 삼겹살에 술 먹다 헤어지는 것보다 최소한 건강에는 좋을 거 아냐." "그럴까?" "그래보지 뭐" 즉흥적으로 아무 생각 없이 한 제안이었다.

2016년 7월 9일, 서울 둘레길 1코스(14.3km)를 시작했다. 초여름이라 매우 더웠다. 시작한 지 10분 만에 머리가 빙빙 돌았다. 형보고 좀 쉬었다 가자고 했다. 첫 시도고, 운동도 별로 안 한 주제에 30도가 넘는 날씨에 난이도도 유일하게 높은 '고급'인 수락 - 불암산 코스. 나중에 알고 보니 미친 짓이었다. 땀은 비 오듯 하고 목은 마른데 물도 안 가지고 갔다. 너무 힘들었다. 다행히 형과 함께 걸어 6시간 30분짜리 코스를 5시간 40분 만에 마쳤다. 그래도 했네? 라는 생각에 뿌듯했다.

그렇게 시작한 형과 나의 둘레길 여행은 두 달에 한 번 가을 - 겨울로 계속 이어졌다. 처음과 달리 날씨는 둘레길을 걷기에 더욱 좋아졌고, 요령도 생겼다. 특히 혼자가 아니라 형과 걸으며 이런저런 얘기를 나누다 보면 어느새 막바지에 다다랐다. 우리 나이가 그다지 많지도 않은데 우리 형제는 남들보다 할 말이 참 많았다.

둘 다 초등학교 입학하기 전부터 부모님과 떨어져 고모

댁에서 자란 것부터 시작해 남들은 이해할 수 없는 우여곡절이 많은 유년 시절. 어머니도 장사를 시작하시며 집에서 단둘이 보낸 중고등학교 시절. 이후에는 대학 기숙사로 들어가는 바람에 거의 떨어져 살다가, 이젠 정말 한 달에 한 번 보기 힘든 형.

보기는 힘든 만큼 늘 생각하며 살다 보니 아무 준비 없이 만나도 대화는 끝이 없었다. 형도 나도 이제 중년을 향해 달려가고 있다고 생각하니, 두런두런 얘기를 나누다 때로는 말없이 걷기도 하지만 형과 함께 걷는 이 길이 설레게 했다.

그러다 해외 출장이 잦은 부서로 옮기면서 한동안 서로 둘레길을 함께하지 못했다. 어느 코스는 26km나 되다 보니 무리하게 걷다가 족저근막염까지 생겼다. 주말에 누워 있으면서 내년엔 다시 또 해외 발령인데 한국에 있는 동안 이건 끝내야지 하는 생각이 들었다.

한편 둘레길에 오른 사진을 페이스북에 올리다 보니 응원해 주는 사람도 생겼다. 형제간에 다툼이 많은 요즘, 둘이 같이 걷는 모습이 너무 보기 좋고 부럽다는 내용들이었다.

둘레길 걷다가 중간중간 스탬프 찍는 재미도 성취감을 가지게 해주었다. 어느덧 형과 함께하는 이 길은 나에게 새로운 도전이었다.

그렇게 3년이 지나갔다. 두세 달마다 겨우 이어진 우리의 동행은 2019년 6월 마지막 8코스인 북한산 34.5km를 남기고 있었다. 나는 이미 8월 해외 근무가 예정된 상황이었다. 장마가 오기 전에 마무리를 지어야만 했다.

그래서 시작했다. 정말 길었다. 그래도 걸었다. 즐거우면서도 이제 이 코스를 끝내고 다시 몇 년 뒤 한국에 돌아와 늦은 나이에 지금 같은 체력으로 형과 다시 걸을 수 있을까 라는 서글픔도 들었다. 하지만 지나온 그 길을 다시 갈 수 없듯이 그렇게 앞으로 걸어가겠지 하는 생각이 들었다.

2019년 6월 16일, 우리는 드디어 3년 전 시작했던 도봉산역에 돌아왔다. 완주를 증명해주는 마지막 스탬프를 찍는 순간의 짜릿함이란. 그런데 형은 스탬프에는 별 관심이 없었다. 실제 중간중간 찍지도 않아 완주증명서도 못 받게 되었다. 그 많은 시간을 들였는데. 그 얼굴에는 그냥

'같이해서 좋았어'라는 웃음만 있을 뿐이었다.

그렇게 마치고 어느 식당에서 막걸리를 나눈 뒤 형과 헤어졌다. 다음 주 나는 둘레길 사무소를 들러 완주 증명서를 받았고, 형과 함께했던 그 추억들을 가지고 8월 한국을 떠났다.

이제 우리 나이에 무슨 그렇게 거창한 꿈이 있을까. '지구 한 바퀴 돌며 살아 보고 싶다'라는 꿈을 이룬 것보다 형과 함께 서울 둘레길을 완주했다는 사실이 더 아름다운 기억이 되었다.

점점 이제는 인간관계의 폭을 넓히기보다 정리하고 지켜야 한다는 생각이 든다. 그러기에, 앞에 놓여있을 길에 단지 몇 명만 동행하고 싶고, 그래서 계속 함께할 수 있다면, 소란하지 않아도 행복할 수 있을 것 같다.

서울 둘레길에서의 가을날 추억 - 형과 파안대소하던 그 순간이 그립다.

[놀기 - 동년배들과 함께]

주스웨덴대사관에서 근무할 때 대사관 지하에 탁구대가 있었는데 통풍이 안 되는데도 직원들이 함께 탁구를 치고 대회까지 했었다. 모든 직원이 참여해 팀을 구성해서 경기하고 그 과정에서 지건 말건 재밌게 보냈건 기억이 있다.

브라질로 오고 나서도 대회의실에 탁구대가 있는데 아무도 치지 않아 이상하게 생각했다. 언젠가 대사님께서 직원들의 건강을 위해 점심시간을 이용해서 탁구들도 치고 어울리는 시간을 보내라고 하셨는데 아무도 나서지 않아 어느 날 대사관 단톡방에 '오늘 치실 분~'이라고 올리니 몇 분만 호응해주었다. 점심을 먹고 대회의실에 가보니 나를 포함 네 명만 있었고, 여유 있게 칠 수 있어 잘됐다는 생각이 들었다. 그 네 명은 모두 중년인 직원들이었다. 예전에 있던 대사관처럼 성별이나 나이에 상관없이 다 모여 쳤었다면 좋을 텐데 그렇지 않아 좀 실망스러웠지만, 잊어버리고 치기 시작했다.

30분만 쳤는데도 셔츠가 다 젖을 정도로 땀이 흠뻑 났다. 치면서 과거 88올림픽 때 불었던 탁구 붐을 생각하면서 예전에 학생 때는 탁구장이 많았는데 다 없어졌다느니, 500원 내고 30분 치는데도 한참 기다려야 했다는 둥 이런저런 얘기를 하다 보니 웃기도 하고 아주 즐거웠다. 평소에 부족했던 운동도 채우고 스트레스도 날릴 수 있어 아주 만족스러웠다.

이후에 같이 쳤던 직원 중 한 명과 점심을 먹기도 하고 또 주말에 다른 동년배를 불러내 술 한잔도 걸치다 보니 꽤 많이 먹었지만, 기분이 참 좋았다. 같이 불러냈던 동년배는 직장은 다르지만 브라질리아에서 10년 넘게 살면서 간만에 한국에 온 것처럼 먹으니 너무 좋았다고 하면서 나중에 '형님!'이라고 시작되는 문자까지 보내주었다.

생각해 보니 나도 뭐 자주 보고 자주 그런 자리를 가지는 건 아니지만, 비슷한 나이대에 비슷한 경험을 공유하는 이들이다 보니 나도 모르게 말이 술술 잘 나왔고, 가끔가다 겹치는 공통점에 같이 즐거워해서 좋았다.

어느 순간부터 직장에서 나이 많은 축에 들어가고 젊은 직원들과 나이 차이가 벌어지면서 공식적 행사나 업무가 아닌 한 사적인 자리에서 같이하는 일이 줄어들고, 설령 내가 사더라도 대화의 주제나 공감대가 부족하니 같이 하는 경우를 스스로 멀리했던 것 같다.

가끔 어떤 이들은 선배들과 어울리지 않는 젊은 사람들을 이해할 수 없다고 하지만, 세상이 그렇게 바뀌었고 실제로도 서로가 불편한 경우가 많다 보니 고집할 필요도 없다. 더군다나 우리도 옛날에 '나는 늙었지만, 마음은 청춘이야'라고 하면서 아재 개그나 술을 강권하던 선배들도 있었고, '나이 먹으면 나처럼 입은 닫고 지갑을 열어야 한다'라고 거창하게 시작해서 별거 아닌 것 사주면서 몇 시간을 설교하던 징글벨~ 징글벨~ 징글맞던 선배들이 있었지 않은가.

그런 이들에게 굳이 젊은 사람들과 어울리려고 하지 말고, 동년배들과 시간을 보내라고 얘기해주고 싶다. 내가 탁구를 치고 저녁을 같이하며 추억을 공유하고 오랜만에 즐거움을 찾았듯이, 비슷한 사람들과 어울리며 새로운 재미를 찾아보라고 권해주고 싶다. 중년인 사람들도 나이 든 분들과 함께하는 건 별로지 않은가.

다만, 동년배들과 같이할 뿐, 젊은 시절로 돌아가는 건 아니다. 나도 그날 술자리에서 옛날 생각하며 늦게까지 술을 마시고 며칠을 고생했다. 같이 하되, 나이에 맞게 즐거움을 찾아야지 도를 넘으라는 의미는 아니니까.

에필로그

우리는 프로니까

프로야구를 즐겨보는 편은 아니지만, 언젠가 우연히 유튜브에서 프로야구 선수들의 대담을 보면서 그저 운동만 하는 우리와는 다른 사람들인 줄 알았더니 그들이 선수생활하면서 느끼는 모든 것들이 우리의 직장생활이나 인생과도 아주 비슷하다고 생각하게 되었다. 일부 스타 선수들의 화려함 뒤에 수많은 2군, 3군 후보 선수들의 애환과 은퇴를 앞두고 살아남기 위해 발버둥 치는 모습이 우리의 인생과 너무도 닮았다. 예전 신문 기사에서 보고 정리해두었던 프로 선수들의 이야기를 몇 가지 소개한다.

- LG 트윈스 임재철은 말한다. "베테랑 타자가 싸워야 할 상대는 투수가 아니라 세월"이라고. 그리고 "그 세월과의 싸움에서 이기도록 자기 관리를 철저히 하는 게 프로의 임무"라고. 임재철은 시즌이 끝난 뒤에도 술, 담배는 고사하고 그 흔한 모임에도 거의 나가지 않는다. 야구와 가족, 둘만을 생각하는 게 이 남자의 삶의 방식이다. 그래서 지금껏 살아남았는지도 모른다. 그런 그도 언제 내가 나이를 먹었구나 하는 생각이 드냐는 질문에, '회복력'이라고 하면서 어렸을 땐 밤을 새우고 한 시간만 자고 일어나도 팔팔했는데 30대 중반을 넘어가니까 술 한 잔만 마셔도 다음날 너무 피곤하다며 시즌 땐 아예 술을 안 마신다고 한다.

- 지금까지의 정조국은 없다. 오로지 운동, 경기, 휴식만 생각한다. 프로축구는 냉정하다. 매몰차고 가차 없다. 오직 몸뚱이의 가치만이 생사를 결정한다. 그 몸값은 스스로 만들어내야 한다. "깨달음이 늦게 왔습니다. 좋아하는 축구를 하기 위해서는 더 치열해야 한다는 생각이 들었습니다. 목숨을 걸고 뛰어야 한다는 생각이었죠." 현대 축구에서 나이의 한계는 극복할 수 있는 영역이다. 술, 담배

등에 손대지 않고 꾸준히 체력 관리를 하는 게 요즘의 프로선수들이다. 정조국은 "골을 넣으려면 골대 앞에 가장 빨리 도달해야 한다."라는 철학을 갖고 있다. 패스는 복잡하지 않고 단순하게, 최전방에 빨리 도달할 수 있도록 간결하게 한다.

- '45세 파이터' 추성훈은 "나이가 많은 만큼 노력해야 한다. '이제 좀 예전 같은 컨디션이네'라고 느끼려면 젊었을 때보다 더 움직여야 하더라. 그런데 운동량 증가에 어느 정도 적응이 됐다고 생각해서 더 격렬하게 했더니 다리에 탈이 났다. 전과 같은 몸이 아니라는 것은 인정할 수밖에 없다"라고 안타까워했다. "젊을 때는 감당한 수준"이라고 돌이킨 추성훈은 "예전에는 운동강도를 더 끌어올렸는데 그럴 수 없었다. 전혀 생각하지도 않은 부위를 다치거나 위험하지 않다고 생각한 움직임에 부상이 발생하기도 한다. 정말로 안타깝다"라며 속상해했다.

강철같은 체구와 체력을 가진 탈 인간이라고 생각되는 그들도 결국은 우리와 같이 나이 들어감에 슬퍼한다. 동년배인 직장 동료도 중년 이후 자신의 체력이 줄어들고 예전 같지 않음을 느끼다 보니 우울감과 상실감이 반강제적으로 찾아와 '갱년기'임을 실감했다고 한다.

나도 그랬다. 언젠가부터 맘껏 달릴 수 없고 걷는 것이 운동이 되었고, 스마트폰을 보려면 거리를 두고 보고, 자리를 뜨면 자꾸 뭔가 두고 온 것이 있나 하는 불안감이 감싼다. 예전에 선배들이 술자리에서 잘 놀고 자신 있고 여유 있게 놀다가 같이 사진을 찍으려면 기겁하며 찍지 말라고 한 것이 이해가 가지 않았는데, 어느 날 출근길에 지하철 창가에 비친 내 모습에 놀라고 누군가 찍어준 사진에 기분 나빠한다. 운동을 좋아했건만 해가 지나며 족저근막염, 테니스엘보, 오십견, 골프엘보가 차례로 찾아왔고 이제 감당할 수 없음을 세월은 느끼게 해주고 있다. 아무리 아니라고 생각하려고 해도, 현실은 굴레를 씌우듯 하나씩 하나씩 다가오는 것이다.

중년이 젊음보다 더 좋다고. 그래서 삶은 아름다운 거라고 누군가는 말한다. 젊었을 때 못했던 것을 실현할 수도 있고, 인생 2막의 화려함이 어쩌니저쩌니 얘기한다. 하지만 거기 동의하고 싶지 않다. 아무리 감언이설을 해도 중년이 젊음보다 좋을 수 있겠는가. 책 장사하지 말라고 말해주고 싶다.

뭘 하든 그 분야에서 1만 시간 이상만 일하면 전문가가 된다는데 1만 시간이 몇 년이나 되는지 계산해 본 적이 있는가? 많을 것 같다고 생각하겠지만, 416일, 즉 1.1년밖에 안 된다. 중년은 40배 이상 '인생'이라는 분야에서 버티고 살아남은 것 아닌가. 여기까지 온 것만으로도 충분히 가치가 있다. 우리는 현재 살아있다는 것만으로도 '인생'에 있어 이미 프로인 것이다.

프로야구 선수들이 자기 고향을 떠나 다른 연고지인 구단으로 가더라도 실력이 없어 탈락하게 되면 냉정하게 하는 말이 있다. "프로니까." 우리는 이제 과거에 아쉬워하고 현실의 불평등에 좌절하거나 앞으로의 미래에 불안해해서는 안 된다. 마누라를 속일 필요도 없고, 세상을 속일 필요도 없다.

우리는 프로니까.
프로답게 살자.